ロ、ロックさん。あれって、まさか……
ま、まさかも何も、ドラゴンだよな!?
あ、ああ。アレね……。

ラックたちが街を出ると
そこには巨大なドラゴンが佇《たたず》んでいた。

おう、ロック。楽しそうなことしてるみてぇじゃねぇか！
魔道具はここだ。待たせたな、ロック。

無駄なことを。
数を集めたところで
猿は所詮猿であろうが！
ああ、助かる。
待ってたぞ!!
真祖と二度目の激闘を交わしていると
空からゴランとエリックが降りてくる。

ハァアアアアッ!!
セルリスが邪神の頭頂に向けて
大きく剣を振り上げる!!
ロックさん、行きますっ!!

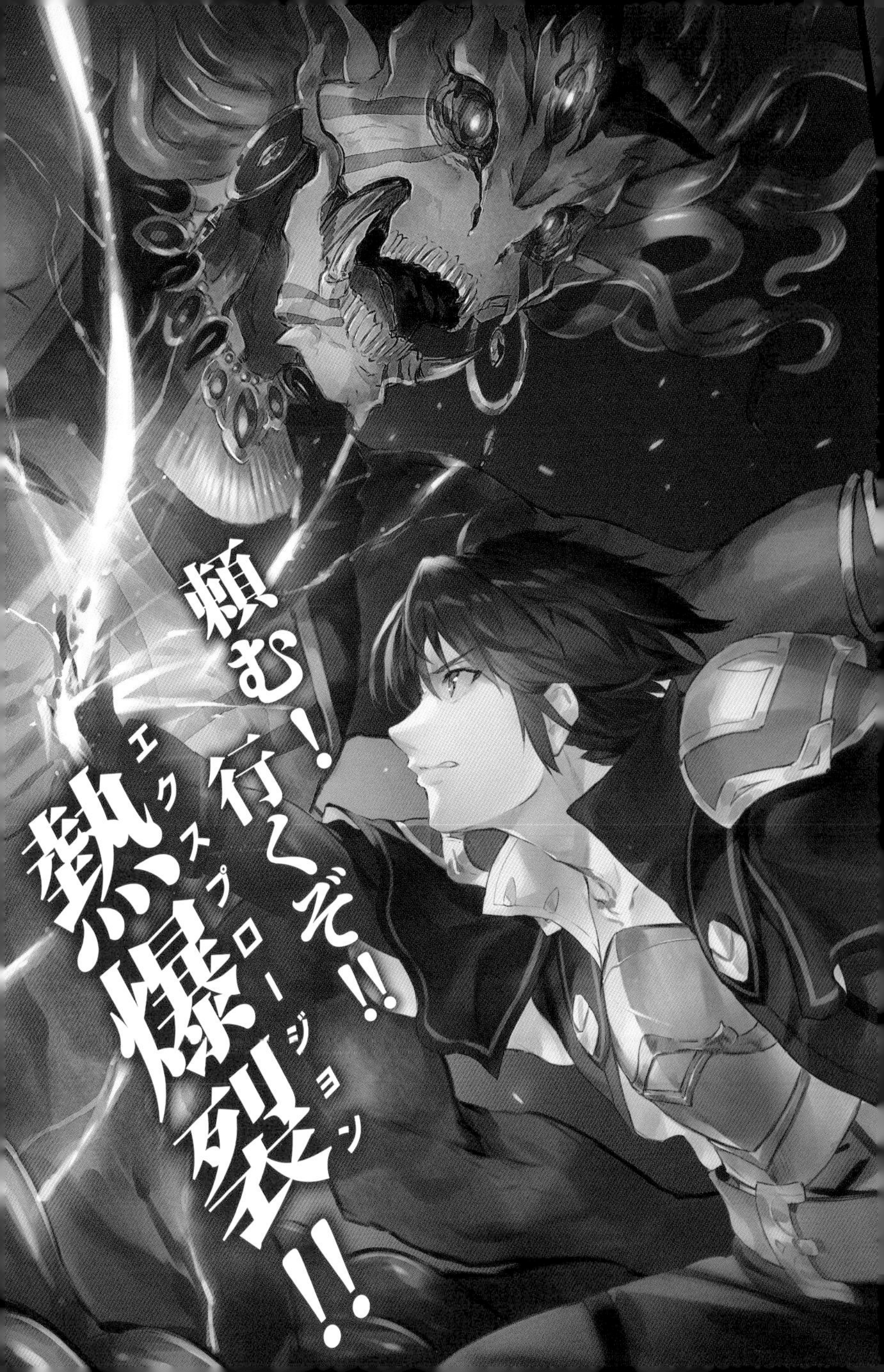

頼む！行くぞ!!

熱爆裂!!!

エクスプロージョン

ここは俺に任せて先に行けと言ってから10年がたったら伝説になっていた。6

Koko ha ore ni makasete saki ni ike to ittekara
jyunen ga tattara densetsu ni natteita.

Contents

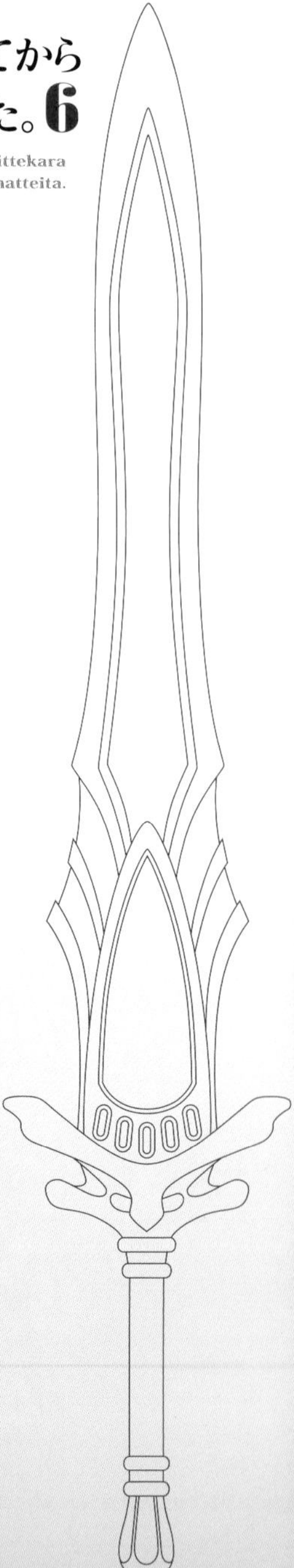

ここは俺に任せて先に行けと言ってから
10年がたったら伝説になっていた。
Koko ha ore ni makasete saki ni ike to ittekara
jyunen ga tattara densetsu ni natteita.
6
えぞぎんぎつね
ezogingitune
イラスト：DeeCHA

序

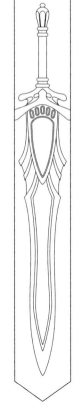

真祖《しんそ》を倒し、転移魔法陣を整備して自宅に帰った俺《おれ》は、ガルヴと一緒にすぐにベッドに入った。

ガルヴはモフモフなので、抱《だ》き心地《ごこち》がいい。

真祖は倒したとはいえ、残党がどれだけいるかわからない。

また、昏《くら》き者どもは近いうちによからぬことをし始めるに違いないのだ。

「とはいえ真祖を倒せたわけだし、奴《やつ》らもしばらく大人しくなるかもな」

「……わふぅ」

「ガルヴもそう思うか？」

「……わむ…………わぬ……ぅ」

返事がおかしいので見てみると、ガルヴはもう眠っていた。

ベッドに入ってから一分も経《た》っていない。

つまり、それほど疲れていたのだろう。

「ガルヴもお疲れさま」

俺は労《いたわ》る意味を込めてガルヴをやさしく撫《な》でる。

ガルヴは仰向《あおむ》けになり寝言みたいに鳴きながら気持ちよさそうに眠っている。

その姿を見ていると、俺も眠くなってくる。

ガルヴを撫でているうちに、俺もゆっくりと眠りに落ちた。


…………

……


「がうがうがうっ！」

ふと気がつくと、仰向けの俺の上にガルヴが乗っかっていた。

吠《ほ》えるだけならまだしも、べろべろ、べろべろと顔を舐《な》めてくる。

とてもではないが、眠り続けることができない。

「ガルヴ、起こしてくれてありがとう」

「がう！」

ガルヴはどや顔をして、尻尾《しっぽ》を振っている。

とりあえず、俺は褒《ほ》めてガルヴの頭を撫でた。

窓の外を見たら、明るくなっている。

とはいえ、まだ日の出からさほど時間は経っていない。

「疲れているから、もう少し寝かせてくれ」

「がう？」

ガルヴは太陽が昇ったら朝。朝なら起きるとしか考えていない。

そして、朝起きる、つまりご飯と考えている。

ガルヴは二度寝の概念が、よくわかっていないようだ。

ガルヴにも二度寝の気持ちよさを教えてやるべきだろう。

「ガルヴも、もう少し寝ときなさい」

「がうー？」

きょとんとしているガルヴをころんと仰向けに転がし、お腹《なか》をやさしく撫でる。

「ガルヴも昨日はがんばったからなー」

ガルヴの尻尾がばっさばっさと揺れている。

そのまま、しばらく撫でているとガルヴが眠りに落ちた。

「がぅふぅー」

気持ちよさそうに寝息をたて始めた。

「ちょろい」

ガルヴは体は大きいが、まだ子狼《こおおかみ》なのですぐ眠ってしまっても仕方がない。

それに子狼だからこそ、ガルヴには睡眠が必要だ。

いっぱい眠って、大きく育ってほしいものだ。

そして、俺もガルヴを撫でながら二度寝をした。

…………

……

「こここここ」

「……ゲルベルガさまか」

「ここぅ」

俺が起きると、ゲルベルガさまが俺の枕《まくら》の横にいた。

そして、くちばしで俺の耳をやさしく嚙《か》んでいる。

窓の外を見てみた。二度寝を始めてから一時間といったところだろう。

つまり、まだ眠っていてもいい時間だと思う。

「ゲルベルガさま、わざわざ起こしにきてくれたのか」

「ここ」

「ゲルベルガさまも、昨日はお疲れさま」

「ここぅ」

ゲルベルガさまも俺たちと一緒に狼の獣人族の集落を回った。

そして、ヴァンパイアが大勢襲来したときには、鳴き声で活躍した。

「ゲルベルガさまもお疲れだろう。ささ、ここは布団《ふとん》の中にでも」

「こ？」

きょとんとしているゲルベルガさまを布団の中に入れる。

そうしてから胸の前で抱いて、やさしく撫でる。

「まあまあ、ゲルベルガさまもゆっくり眠って疲れをとるといい」

「……こぅ」

布団の中は暗い。

暗い中でやさしく撫でたおかげか、ゲルベルガさまがうつらうつらしてきた。

そのまま撫で続けると、ゲルベルガさまも眠りに落ちた。

「さて」

そして、俺は三度寝に入った。


…………

……


「ここここ」

「がふぅがふぅ」

今度はゲルベルガさまとガルヴが一緒に俺を起こそうとしていた。

ゲルベルガさまは俺の耳のあたりをやさしく突《つつ》いている。

ガルヴは俺の顔をベロベロ舐めている。

「もう起きたのか」

「こ」「がう」

俺が起きたことに気づいて、ゲルベルガさまもガルヴも嬉《うれ》しそうだ。

ガルヴが尻尾をバッサバッサさせるので、布団の中に空気が入る。

ゲルベルガさまも控えめに羽をバタバタさせていた。

「ゲルベルガさま、ガルヴ、お腹が空《す》いたのか？」

「ここぅ」

「がう！」

どうやらお腹が空いたらしい。

「じゃあ、朝ご飯を食べにいくか。俺もお腹が空《す》いた」

「ここ！」

「ががう！」

ベッドから出ると、ゲルベルガさまとガルヴはお行儀よくついてくる。

ゲルベルガさまはガルヴの背中に乗っていた。

そのまま、みんなで食堂に行くとミルカが走ってやってくる。

「お、ロックさん、起きたんだな！　おはようだ！」

「ミルカおはよう。フィリーとタマもおはよう」

「ロックさん。おはようございます」「わふ」

フィリーとタマも食堂にいた。

タマは俺に気づくと足元にゆっくりと寄ってくる。

そして体を静かにこすりつける。

そんなタマを撫でていると、フィリーが呟《つぶや》くように言った。

「ロックさん。興味深い魔道具を見つけたらしいじゃないか」

「爆弾のことか？　フィリーにも調べてもらいたいんだが、文字通り爆散してしまったからな」

「話だけでも聞かせてほしいのだが」

「そうだな。わかった」

俺はフィリーに爆弾について語ることにした。

爆弾について語るならば、ルッチラも呼んだ方がいいだろう。

「ミルカ。ルッチラはどこにいる？」

台所にいるミルカに尋ねると、

「んーっと、庭でセルリスねーさんたちと訓練してるぞ」

「ルッチラがセルリスたちと？」

少し意外な気がした。

ルッチラも戦闘訓練に目覚めたのだろうか。

「セルリスねーさんたちと、朝早く起きてきて、朝ご飯を食べてずっと訓練しているみたいだぞ」

「そうなのか、フィリー少し待っていてくれ、ルッチラを見てくる」

「ああ、いつまでも待っていよう」

「いつまでもはかからないさ。庭まで見にいくだけだ」

俺が外に向かおうとしたとき、ミルカが食堂に入ってきた。

手にしたお盆《ぼん》に朝ご飯が載っている。

「ロックさん、待っておくれ。ロックさんの朝ご飯の準備ができたんだ。冷めてしまうぞ」

それを聞いていたフィリーが深く頷《うなず》いた。

「ロックさん。折角、ミルカが作ったのだ。すべては朝ご飯を食べてからにしよう」

「……それもそうだな」

「ここっ！」

「がうがう！」

ゲルベルガさまとガルヴも喜んだ。

お腹が空いていて、早く朝ご飯を食べたかったのだろう。

「ゲルベルガさまもガルヴも、待たせてすまない」

「ここ」

「がう！」

ゲルベルガさまもガルヴも気にするなと言ってくれているようだ。

おいしく朝ご飯を食べた後、俺は皿洗いなどの後片付けをする。

そして、フィリーとタマにルッチラを呼びにいってもらった。

フィリーは放っておくと日光を浴びない。だから庭でいいので外に出てほしいものだ。

俺が食器を洗い終わった頃、

「ぼくを呼びましたか？」

ルッチラがやってきた。

「ここ！」

ゲルベルガさまが嬉しそうにルッチラの肩めがけて飛ぶ。

「ああ、ルッチラ。フィリーに爆弾の構造や素材について説明することになってな」

「了解です！　覚えていること全部話しますね！」

「頼む」

そして俺たちはルッチラと一緒に居間へと移動することにした。

「じゃあ、おれはお茶を淹《い》れて持っていくぞ！」

「おお、ありがとう」

「いいってことだ‼」

お茶をミルカに任せて居間に向かうと、ガルヴとゲルベルガさまもご機嫌《きげん》な様子でついてきた。

「ロックさん。起きたでありますね！」

「よく眠れたかしら」

「後片付け手伝わなくて、ごめんなさい」

シア、セルリス、ニアが居間にいた。みんなで一つの長椅子《ながいす》に座ってお話ししている。

フィリーとタマも居間にいる。

フィリーはシアたちの正面の長椅子にゆったりと座って、タマをやさしく撫でていた。

とりあえず、これでひとまず、屋敷にいるミルカ以外の全員がこの場に揃《そろ》った。

第一章

俺《おれ》はシアたちに尋ねる。

「おはよう。　みんなで訓練してたのか」

「そうであります！」

「実戦に参加した後には復習を兼ねて訓練するのがいいと思うの」

セルリスは真剣な表情だ。

確かに忘れないうちに訓練するのは効果的かもしれない。

「昨日の戦闘は激しかったからな。　学ぶことも多かっただろう」

「ルッチラさんに手伝ってもらったのです」

ニアの尻尾《しっぽ》がばっさばっさと揺れている。

「ルッチラに手伝ってもらったというと、　幻術か？」

「そうなの！　ルッチラはすごいわね！」

「ルッチラにあたしとセルリスが昨日の戦闘の話をして幻術で再現してもらったであります」

その訓練はシアたちだけでなく、　ルッチラにとってもいい練習になるだろう。

「ルッチラはさすがだな」

「ありがとうございます。でも、どれだけ再現できたか……」

ニアと同じくルッチラも留守番組だ。実際に見ていないのだから、再現は難しかろう。

「ロックさん、後で幻術を見せていただけませんか？」

「ぼくからもお願いします！」

ニアとルッチラに頭を下げられた。

徒弟《とてい》の二人に頭を下げられたら、是非《ぜひ》もない。

「わかった。任《まか》せてくれ。ガルヴとタマの散歩が終わったら訓練しよう」

「ありがとうございます！」「嬉《うれ》しいです」

「あたしも訓練に混ぜてほしいでありますよ！」

「私も！」

「シアとセルリスは休憩した方がいいと思うが……、すべては散歩が終わってからだな」

「わかったであります」

「私は元気だわ！」

名前を呼ばれたことに、もしくは散歩という言葉に反応したのかガルヴとタマがやってくる。

俺の周りを、尻尾を振りながら体をこすりつけるようにしながらぐるぐる回る。

「散歩はもう少し後だ」

そう言って俺は空いていた長椅子《ながいす》に座る。

「がぅー」「わふう」

ガルヴが俺の右ひざに、タマが俺の左ひざにあごを乗せてくる。

甘えたいのだろう。俺はガルヴとタマをモフモフと撫《な》でる。

すると、フィリーがゆっくりと問いかける。

「ロックさん。そろそろよいかの？」

「ああ、待たせた。説明だったな」

ちょうど、ミルカがやってきた。全員分のお茶とお菓子《かし》を持ってきている。

「お茶を淹《い》れてきたぞ！」

「ありがたい」

「気にしないでおくれ！」

お茶を配り終わると、ミルカは俺の右隣に座った。


これで今度こそ、この屋敷にいる全員がこの場に揃《そろ》った。

俺はミルカが淹れてくれたお茶を飲みながら説明を始める。

「今回、昏《くら》き者どもは大爆発《だいばくはつ》とその直後の転移という作戦を用いたわけだが」

「話を聞くだけで、恐ろしい」

フィリーは眼鏡《めがね》に右手を添えた。

「ああ、厄介《やっかい》だ。しかもそのトリガーが魔力探査《マジック・エクスプロレーション》だからな」

「はい。魔力探査をかけなければ、爆弾かどうかわからないですし……」

「ここ」

ルッチラが困った表情をするので、ゲルベルガさまがそっと寄り添う。

「ふむ。で、その魔道具の素材は何なのだ？」

錬金術士のフィリーは、やはり素材に興味があるようだ。

「メインの素材は両方とも愚者《ぐしゃ》の石だったな」

「ほう？　構造はどうなのだ？　わかる範囲でよい」

フィリーに問われて、ルッチラは困惑したような表情を見せる。

「……えっと。魔力探査を担当したのは確かにぼくなんですけど……」

「わからなかったのか？」

「魔力探査自体は成功したのですけど、その瞬間に……」

「爆発してしまったということなのだな？」

「はい」

「ふーむ」

フィリーは真剣に考えこみ、ルッチラは少し申し訳なさそうにしている。

「ルッチラをかばうわけではないが、魔力探査の難度自体がとても高かったんだ」

「ふむ？」

「だから、魔力探査自体に集中して構造解析する余裕がなかったとしても仕方がない」

「なるほど……。そうなのだな」

フィリーは俺の言葉を聞いてまた考え始める。

するとミルカが首をかしげた。

「ロックさん、一つ聞いていいかい？」

「ん？　何でも聞いてくれ」

「なんで、敵はその魔力探査とかいうのの難度を高めたんだい？」

「魔力探査に失敗したら爆発しなくて、敵の作戦も失敗してしまうじゃないかってことか？」

「そう！　それだよ！」

ミルカの問いは当然だ。

ルッチラが優秀な魔導士だったから魔力探査に成功したが、並の魔導士では魔力探査に失敗しただろう。

その場合、魔力探査の成功がトリガーとなる爆発は起きない。

「ミルカは賢いな。いい質問だ」

「えへへ、そうかい？」

「実は今回の罠《わな》は、最初の魔力探査は失敗するのを前提にした作戦だったんだ」

「どういうことだい？」

俺は自分の推理をミルカに説明する。

敵の狙《ねら》いは王都であること。

そのためには一度失敗させて、詳しく調べられる研究機関に持ち込ませる必要があること。

もし成功していたら、王都が火の海になっていたこと。

そんな俺の説明を聞いて、ミルカは慌てた。

「まずいんじゃないかい！　もし他の冒険者が同じ爆弾を持ち込んだら、大変なことになるじゃないか！」

「確かにそうなったらとても困るな」

「だ、大丈夫なのかい？」

そのとき、ちょうどエリックとゴランが居間に入ってきた。

エリックとゴランの後ろから、ケーテ、ドルゴ、モルスも来ていた。

水竜のモルスが俺の屋敷に来るのは初めてのことだ。

「おう、みんなよく来た」

「お邪魔《じゃま》させていただいております」

モルスは恐縮しきっている。

昨夜別れる前に、俺の屋敷に来るようにお願いしていたので来てくれたのだろう。

「へー。ここが今のロックのお屋敷なのね」

「ママ！」

ゴランの妻にしてセルリスの母、マルグリットまで来ていた。

「マルグリットも来てくれたのか。仕事はいいのか？」

「ここに来るのも、結構重大なお仕事よ」

「そうか。それもそうだな」

大爆発からの転移魔法という戦術はとても恐ろしい。

リンゲイン王国駐箚《ちゅうさつ》全権大使のマルグリットとしても詳細を知っておきたいのだろう。

ひとまず、マルグリットに初対面の者たちを紹介していく。

挨拶《あいさつ》がすべて終わった後、なぜか少し照れた様子でミルカが立ち上がる。

「お客さんが来たからお茶を淹れてくるぞ！」

「私も手伝います！」

ミルカの後ろをニアがついていく。

俺はそれを見送りながら、みんなに尋ねた。

「さすがに、狭いか？」

「そうでもないだろう。この部屋は広い」

エリックは笑顔だ。

台所に向かったミルカとニアも入れれば、人と竜だけで十三人。

それにガルヴ、ゲルベルガさまにタマがいる。

我が屋敷の広い居間とはいえ、さすがに少しだけ狭く感じなくもない。

とはいえ、まだまだ余裕はあるのだが。


少し雑談をしていると、ミルカとニアが戻ってくる。

「お茶だぞ」

「ありがとう」

お茶を配り終えたミルカを、マルグリットは抱き寄せる。

「セルリスが手紙で教えてくれた通り、とても可愛《かわい》いわ」

「……へへ」

ミルカは照れているようだ。マルグリットに挨拶したときから、ミルカはなぜか、少し照れていた。

「ね？　ママ。可愛いでしょ？」

そしてセルリスはどや顔している。

「ニアちゃんもルッチラちゃんも可愛いわね」

「あ、ありがとうございます」

ニアの尻尾がバサバサと揺れる。その尻尾にガルヴがじゃれつく。

ルッチラはマルグリットの言葉に驚いた。

「ぼ、ぼくが女の子だって、どうしてわかったんですか？」

「そりゃあ、わかるわよ。というか、わからない人がいるのかしら？」

わからなかった俺は気まずくなって、ゴランを見た。

ゴランもルッチラが女の子だと気づかなかったからだ。

ゴランはきまりが悪そうにぼそっと呟《つぶや》く。

「……まあ、そういうこともあるよな」

「……そうだな」

俺とゴランはうんうんと頷《うなず》きあった。

一方、マルグリットはミルカをひざに乗せて頭を撫でていた。


みんなが落ち着いたところで、もう一度改めて説明する。

それぞれには一度説明しているが、念のためだ。

「そう、それで魔道具が王都に持ち込まれたらまずいって話をしてたんだ！」

力説するミルカの頭を、マルグリットがやさしく撫でる。

「ミルカちゃんは賢いのね」

「ミルカはとても頭がいい。だから天才のフィリーに教師になってもらったんだ」

俺がそう言うと、フィリーはうんうんと頷いた。

「ミルカはとても筋のいい生徒だ。もちろんニアとルッチラも優秀だ」

「へへへっ！」

マルグリットだけでなく、先生であるフィリーからも褒《ほ》められてミルカは照れまくっていた。

対照的にエリックとゴランは深刻な表情を浮かべている。

「まったくもって、ミルカの言う通り。危険すぎる。王都が半壊しかねん」

そう言ったのはエリックだ。

「冒険者ギルドとしても対策が難しい。魔道具は冒険者の大好物だからな」

ゴランの言う通り、冒険の途中で魔道具を見つけて喜ばない冒険者はいない。

パーティーに魔導士がいるなら、大喜びで即座に魔力探査を用いて鑑定するだろう。

鑑定が失敗すればよし。何も起きない。だが、成功してしまった場合が問題だ。

それはつまり優秀な魔導士がいたということなのだが、その優秀なパーティーは全滅する。

優秀な魔導士のいるパーティーの全滅はギルドにとって大きな損失だ。

だが、それでもまだ最悪の事態ではない。

「自力で鑑定できなければ、冒険者ギルドか王都の鑑定屋に持ち込むよな」

俺がそう言うと、ゴランは深く頷いた。

「そうだ。そして冒険者ギルドか王都の鑑定屋で魔力探査をかけられて……」

冒険者ギルドの建物や鑑定屋の建物ごと、ドカンと吹き飛ぶというわけだ。

エリックが腕を組む。

「有効な対策が難しいな」

「魔道具の鑑定場所を王都の外に作るしかないか……」

「だが、冒険者に言うことを聞かせるためには、事情を説明しないといけなくなる」

ヴァンパイア関連の情報を広く一般に知らせることにはリスクがある。

人々がヴァンパイアに怯《おび》えるだけならまだいい。

怯えた人間は、昏き者どもにとって格好の餌食《えじき》だ。

疑心暗鬼《ぎしんあんき》の種をばらまかれ、誰々《だれだれ》がヴァンパイアの手先だと噂《うわさ》が立つことも考えられる。

人と人が殺しあう事態になったら最悪だ。

フィリーが険《けわ》しい顔で呟く。

「ふーむ。対策を考えねばなるまい」

「フィリー、何か対策する方法があるのか？」

「まだ何とも言えぬ。その魔道具の素材、構造について、何でもいいから教えてくれぬか？」

「わかりました」

魔力探査を実行したルッチラは深く頷いた。

ルッチラはゲルベルガさまをひざに抱いて、ゆっくりと語りだす。

「まず、素材はほとんど愚者の石で造られていて……」

ルッチラは意外と細かい構造まで把握していたようだ。

あの一瞬で、そこまで理解していたとは思わなかった。

「ほうほう。つまりこのような感じなわけだな？」

フィリーは聞き取った内容を、紙に書いて図面に起こしていく。

「……ぼくにわかったのは、このぐらいです」

「いや、思っていたより詳しい。とても助かった。とはいえまだ情報が欲しいな」

そう言って、フィリーが俺とケーテを見た。

「次は我の出番であるな。我もルッチラの後ろから覗《のぞ》いていたから少しわかるのである」

ケーテはどや顔をして、尻尾をゆっくりと揺らす。

ケーテの説明はルッチラの説明より錬金術寄りだった。

風竜は、竜族の中でも魔法文化的に錬金術が得意な一族だ。

それゆえ、ケーテも錬金術には造詣《ぞうけい》が深いのだ。

ケーテの説明が終わりフィリーの描いた図面がより詳細になった。

「ケーテの説明も非常に助かった。ありがたい」

「お役に立てて何よりなのだ！」

嬉しそうにケーテは胸を張る。

照れているのか、近くにいたニアを抱き寄せて耳と耳の間、頭頂部のあたりを撫で回す。

ニアは少し困惑しながら尻尾を揺らしていた。

「では、次は俺が把握していることを説明しよう」

「ロックさんの分析も頼りになる。ありがたい」

フィリーが俺に期待のこもった目を向けてくる。

「俺も後ろから覗いていただけだから、あまり期待しないでくれ」

「わかった」

フィリーは眼鏡の位置を直しながら、微笑《ほほえ》んだ。

「まず、主要な魔術的機能は、三つの部位、つまり三つの魔法陣で構成されていた」

「ほうほう？」

「構造を隠蔽《いんぺい》する部分。魔力探査を妨害しつつ探査の進捗を測定する部分。そして爆弾部」

「ふむ?」

「それぞれ、このような魔法陣の構造だったはずだ。ルッチラ、ケーテ、どう思う?」

「ぼくは……そこまで把握できなかったですけど……」

「何でもいい。気づいたことは何でも言ってくれ」

「……はい。この部分はもう少し小さかったような気もしなくもないです」

「なるほど。確かにそうだな」

実際に魔道具を見た魔導士三人で意見を出しあっていく。

それをフィリーが書き留めていった。

「おおむねこのような感じだったのだな」

「恐らくはそうだと思います」

ケーテとルッチラは結構自信がありそうだ。

「モルスは、話を聞いて何か気づいたことはあるか?」

「……そうですね。実際に見ていないので何とも言えないのですが」

「どんな些細《ささい》なことでも構わない」

「魔力探査の妨害と、探査の進捗の把握は……こうした方が効率がいいと思うのですが……」

竜族の中でも水竜は魔法文化的に結界術を得意とする一族だ。

それゆえ思うところがあるのだろう。

「ん？　そう言われて、もう一度図面を見てみると、確かにそうだった気がしてきたのだ」

「確かにそうかも……」

ケーテとルッチラがそんなことを言い出した。

「ロックはどう思うのだ？」

「ふむ。確かにモルスの指摘の方が正しい気がする」

フィリーがモルスの意見を聞いて図面を描き直す。

「ロック。とりあえず、これでよいだろうか？」

「ああ、フィリー。完全ではないが、かなり精度が高くなったと思う」

「ふむふむ。大体、このような構造なのだな。大急ぎで対処法を考えよう」

「先生、おれも手伝うぞ」

「ミルカ。頼りにしている」

「えへへ」

それまで黙って聞いていたゴランが笑顔を見せる。

「これがうまくいけば、ヴァンパイア関連の情報を拡散しなくてもよくなるな」

「そうだな。うまくいけばだが」

「全力は尽くすが、あまり期待はしないでほしい」

「わかっている。それでも、フィリー、頼む」

そのとき、ケーテが首をかしげた。

「ふむ？　そういえば、なぜたくさんの人々に知らせたらだめなのだ？」

「えっと、……それはだな」

俺がどのように理解させようか考えていると、ケーテが続ける。

「みんなに知らせて、みんなで戦えばよいのだ」

「みんなで戦うことができればいいのだが……、それは最後の手段にしたい」

「どうしてエリックはそう思うのだ？」

不思議そうな表情を浮かべるケーテにマルグリットが笑顔で言う。

「もし私がヴァンパイアなら、その情報を利用して大打撃を与えることを考えるわね」

「どうするのだ？」

「まず何人か、ヴァンパイアの眷属《けんぞく》を国側に捕縛《ほばく》させるの」

「ほう？」

「そうすれば、民衆も自分たちの中にヴァンパイアの眷属が入り込んでいることを信じざるを得なくなるわ」

いくらヴァンパイアの危険があるなどと言われても、そう簡単には信じられない。

王都には神の加護があるのだから。

だが、直接見せつけられれば、王都の民も信じざるを得ない。

「インパクトが大切だから、誰に捕まえさせるかとか、タイミングとかが重要だけど……」

「ふむふむ？」

「民の心に恐怖を植え込んだら、小さな爆弾を仕込んだり、人間を数人惨殺《ざんさつ》したりすればいいわ」

それだけで民の冷静さは失われていく。

「その後、タイミングを見計《みはか》らって、あいつが眷属だとか、そういう噂を流せば……」

「どうなるのだ？」

「疑心暗鬼になった民が民を殺して回るという事態になるでしょうね」

王都に入り込んだヴァンパイアを始末する。

そういう大義を掲げて、大暴《おおあば》れした結果、王都は大きな混乱に陥《おちい》る。

民が民を狩る事態になりかねない。

それをエリックが止めようとしたタイミングでヴァンパイアに政府が乗っ取られたと噂を流せば混乱に拍車がかかる。

民が政府に弓を引くことも考えられる。

その隙《すき》をついて、野心を持つ上級貴族が兵を動かすかもしれない。

国が混乱の極《きわ》みに陥り、ヴァンパイアどもは、楽に活動できるようになるだろう。

そんなことをマルグリットが語るとケーテはようやく危険性を理解したようだった。

だが、今度はミルカが首をかしげた。

「マルグリットさん。一つ聞いてもいいかい？」

「何でも聞いてちょうだい」

「ヴァンパイアどもがその作戦を今まで使わなかった理由は何だい？」

マルグリットの言った作戦は、政府や冒険者ギルドによるヴァンパイアの情報開示が必須ではないだろう。

そうミルカは言いたいのだ。

「ミルカちゃんは賢いのね」

「えへへ、そんなことないぞ！」

ミルカは頬《ほお》を赤くして照れている。

そんなミルカの頭を撫でながら、マルグリットは言う。

「冒険者ギルドや政府がヴァンパイアの危険を訴えるっていうのは大きな要素なの」

「そうなのかい？」

ミルカはまだピンときていなさそうだ。

「そうなの。そもそも唐突に眷属が暴れて捕まっても、王都の民はあまり驚きはしないわ」

「そうでありますねー。眷属や魅了された者は神の加護の下でも活動できるでありますからね」

王都の民は昏き者どもの下っ端が調子に乗って王都に潜入したが退治された。

そう考えるだろう。

眷属をきっちり退治したエリックの威光を称《たた》えることさえするかもしれない。

「なるほどー。冒険者ギルドが情報を拡散することでみんな怖くなるってことなんだな？」

「そういうこと。怖くなっているからこそ小細工がとても有効になるのよ」

「勉強になるなー」

ミルカはうんうんと頷《うなず》いている。

そんなミルカに俺は言う。

「まあ、真祖《しんそ》は滅びたからな。残党が同じことをできるかはわからない」

「とはいえ、警戒しないわけにはいかない」

エリックの言葉にみんなが頷く。

一瞬、静かになると、ミルカにフィリーが言った。

「まあ、そのような事態を防げるかどうかは、我々の手腕にかかっているわけだ」

「了解したぞ、先生！」

「ミルカ、早速《さっそく》、研究室にこもろうではないか」

「はい、先生！」

「ということで、研究室に行ってくる。何かあれば言ってほしい」

フィリーとミルカは立ち上がり、研究室に向かって歩き始めた。

「フィリー、頼んだ。協力が必要ならいつでも言ってくれ」

「そのときは遠慮なく頼らせてもらおう」

フィリーとミルカ、そしてタマが研究室に移動するとマルグリットも立ち上がる。

「私もリンゲインに戻るわね」

マルグリットは全権大使なので忙しいのだ。

「ああ、何かわかったら教えてくれ」

「わかってるわ。エリックから通話の腕輪もいただいたし」

緊急時に会話できるのは、大きな利点だ。

マルグリットが去ると、エリックとゴラン、ドルゴ、モルスも戻っていった。

みな色々と忙しいのだろう。

「さて、フィリーの魔道具が完成するまで、俺《おれ》は何もすることがないな」

「がうがぅがぅ！」

「ガルヴは散歩《さんぽ》に行きたいのか？」

「がぅー」

何もすることがないのなら散歩に連れていけ。

そう言いたいに違いない。

「じゃあ、ガルヴ、散歩に行くか」

「がう！」

「ゲルベルガさまも行くか？」

「こここ！」

ゲルベルガさまも散歩に行きたいらしい。

「ケーテも行くか？」

「がっはっは！　行くのである！」

ケーテも行きたいらしい。

俺はフィリーの研究室に寄ってタマも連れて散歩に出ることにした。

「シアたちはどうする？　俺は休憩をおすすめするが。休むのも強くなるのに大事だからな」

昨日激しい戦闘をしたばかりだ。そのうえ朝から特訓している。

いくら若いとはいえ、オーバーワークがすぎる。二、三日、家でごろ寝して過ごしていいぐらいだ。

成長するためには、休憩もとても大切なのだ。

……十年休まずに戦い続けた俺の言うことではないかもしれないが。

「あたしたちは、王宮に遊びにいくでありますよ」

「そうなの。シャルロットとマリーが遊びたいって言ってくれて」

シャルロットはエリックの十歳になる長女、マリーは四歳になる次女だ。

「ゲルベルガさまも連れていくか？」

王女たちにもゲルベルガさまは人気なのだ。

「ここぅ」

ゲルベルガさまはどうやら散歩がしたいらしい。

「なら、ゲルベルガさまは一緒に散歩に行こう」

「こう！」

ルッチラたちにも聞いたが、ルッチラとニアはミルカと一緒にフィリーの手伝いをするつもりのようだ。

「そうか。無理はするなよ」

「わかりました！」

「はい、フィリー先生のご迷惑にならないようがんばります！」

ルッチラとニアは元気に返事をして、フィリーの研究室へと向かっていった。

そして俺はガルヴ、タマ、ゲルベルガさま、ケーテと一緒に散歩に出かける。

王都を移動するときは、あまり急がずに小走りだ。

「タマは無理するなよ」

「はっはっは」

タマは舌を出しながら、ご機嫌《きげん》に俺の斜《なな》め後ろをついてくる。

最近のタマは少し太った。今までが痩《や》せぎすだったので、かなり健康になったと言えるだろう。

体重増加に伴い、体力も相当回復したようだ。

それでも子狼《こおおかみ》とはいえ霊獣狼《れいじゅうおおかみ》であるガルヴと違って、タマは大きいが普通の犬。

体力の差は歴然としている。

「今日はケーテもいるし、王都の外まで行ってみるか」

「ん？　そうであるなー？　でも我がいないと王都の外に行けないのであるか？」

「そうではないが、タマが疲れたらケーテと俺で背負えばいいかと思ってな」

「ああ、そうであるな！　いつでも背負ってやるのである」

ケーテはご機嫌に尻尾《しっぽ》を揺らしている。

俺たちはそのまま王都の門から外に出た。

ケーテもエリックから身分証をもらっているので問題なく出入りできるのだ。

王都の外に出て、しばらく歩くと、

「ここ」

俺の懐《ふところ》からゲルベルガさまが顔だけ出した。気持ちよさげに鳴いている。

「ゲルベルガさまも地面を歩くか？」

「ここぅ！」

歩きたそうにしているので、ゲルベルガさまを地面に下ろした。

俺とケーテはゲルベルガさまの歩調に合わせてゆっくり歩く。

タマとガルヴは楽しそうにじゃれあいながら、俺たちの周囲を駆け回っていた。

「こう見ると平和であるなー」

「そうだな」

真祖《しんそ》を倒したので、昏《くら》き者どもも、しばらく大人しくなるとは思う。

だが、油断はできない。

いつ爆弾トラップが爆発《ばくはつ》して王都が壊滅するかわからないのだ。

「爆弾は恐ろしいのである」

「とはいえ、トリガー設定の調整が難しいからな。量産はできないとは思うのだが……」

「そうだとよいのであるが……」

ケーテは不安そうだった。

ケーテと適当に話しながら、王都の周囲をゆっくりと散歩する。

タマとガルヴは結構全力気味に俺たちの周りを駆け回っていた。

しばらく経《た》って、タマに疲れが見え始めた。

「さて、そろそろ戻ろうか。タマ、ガルヴ！　ゲルベルガさま」

「わふ！」「がうがう！」「こここ」

みんな素直に集まってくる。

全員に水とおやつを与えてから、ゲルベルガさまを懐《ふところ》に入れる。

そして、俺たちはゆっくりと王都へと戻った。

屋敷に戻る途中、俺は冒険者ギルドに寄ることにした。

「ケーテ、タマとガルヴを連れて先に戻ってくれ」

「む？」

「冒険者ギルドに寄ってどんな依頼が出ているか見ておきたい」

「我も……。いや、戻るとするのである。タマ、ガルヴ、ついてくるのだ」

ケーテも冒険者ギルドに顔を出したかったのかもしれない。

だが、タマが疲れているようだったので戻ることにしてくれたようだ。

「ケーテ、ありがとう。すぐ戻る」

「うむ」

ケーテが歩き出すと、タマはついていく。

だが、ガルヴは俺の横を離れようとしない。

「がうー？」

「ガルヴはロックと一緒にいたいのであるか？」

「がう」

ガルヴはまだ体力に余裕はありそうだ。

「じゃあ、ガルヴは俺と一緒に来なさい」

「がう！」

「タマは我と一緒に来るとよいのである！」

「わふぅわふ」

「何か食べて帰るとするのである！」

「わふう！」

ケーテとタマは楽しそうに帰っていった。どうやら何か買い食いして帰るらしい。

ガルヴとゲルベルガさまは、ケーテの言葉に反応した。

「がぅ」「こ」

じっとこちらを見ている。

ケーテと一緒にいた方がいいことがあると思われるのは避けたい。

「……ガルヴとゲルベルガさまも何か食べて帰ろうな」

「がう！」「ここぅ！」

ガルヴもゲルベルガさまも嬉《うれ》しそうだ。

ゲルベルガさまは懐から顔を出して、俺の顎《あご》のあたりにやさしくトサカをこすりつける。

俺はお返しに頭をやさしく撫《な》でておいた。トサカは柔らかくて気持ちがいい。

そして、俺は冒険者ギルドの中へと入った。

時刻は昼前。混雑のピークは過ぎている。冒険者の数はまばらだった。

「ロック、久しぶりだな」

「あ、ロックさん！」

アリオとジニーの兄妹がこちらに向かって駆けてきた。

とても久しぶりな気がする。

最後に一緒に冒険したのは、魔鼠《まそ》退治だろうか。

「二人とも、この時間にギルドにいるとは珍しいな。今日はいい依頼がなかったのか？」

「いや、そうじゃないんだ。今日は夜明け直後から薬草採取をやって帰ってきたところなんだ」

薬草の中には太陽が昇ってしばらくすると、花が咲いて薬としては使えなくなるものがある。

そういう薬草を採取したのだろう。

時間限定の採取は面倒なので報酬は高めだ。

それでいて危険は少ない。初心者冒険者にはおすすめのクエストだ。

「ほう、薬草採取か。うまく採取できたのか？」

「はい！　ばっちりです」

ジニーの表情は明るい。薬草採取クエストがとてもうまくいったようだ。

「それはよかった」

「がう」

ガルヴはアリオとジニーに会えて嬉しいのか、尻尾を振っていた。

両前足をほんの少しだけ同時に上げるようにして、ぴょんぴょんしている。

きっと飛びつきたいに違いない。

ガルヴは俺とケーテ以外には飛びつくなと言ったことをしっかり守っているのだ。

とても偉いので、頭を撫でてやる。

「最近、シアの故郷の方に遊びにいっていてな。冒険者ギルドに来るのも久しぶりなんだ」

「そうなんですね。しばらくお見かけしないと思っていました！」

「シアさんの故郷って、どんなところだった？」

立ち話もなんなので、ギルド内の軽食をとれるスペースへ移動する。

そこで軽くお菓子《かし》をつまみながら、話し始める。

もちろん、ゲルベルガさまとガルヴ向けのおやつもたくさん買った。

ゲルベルガさまは俺の隣に座らせて、ひざの上に置いたお皿からおやつを食べてもらう。

ガルヴ用のおやつは椅子《いす》の上に置いたお皿に入れておいた。

ゲルベルガさまもガルヴもすごく嬉しそうなので、何よりだ。

「シアさんの故郷って、やっぱりニアちゃんみたいな可愛《かわい》い子がたくさんいるのですか？」

「ああ、狼の獣人族の集落だからな」

「そうなんですね。私も行ってみたいです」

ジニーは獣人の子供が好きなのかもしれない。

よく動く獣耳と元気に揺れる尻尾は愛らしいので、気持ちはわかる。

軽くシアたちの集落の様子などを話した後、俺は尋ねてみた。

「最近のクエストはどうだ？　ゴブリンとか増えてないか？　あと魔鼠の大発生とか」

ゴブリンはヴァンパイアが使役《しえき》することもある昏き者どもの最下級魔物だ。

魔鼠は以前、邪神像《じゃしんぞう》のかけらの影響で大発生したこともあった。

「幸いなことに、両方とも全然ないですね」

「おかげで最近は薬草採取ばっかりだよ」

「魔鼠退治に行っても、多くても五匹程度、いつもは二、三匹と遭遇《そうぐう》する程度です」

「それは、何よりだな」

「もちろん、それはそうなんだが、少し物足りないというのもある」

「お兄ちゃん。そんなこと言ったらだめ」

「そ、そうだな。すまない」

アリオはジニーにたしなめられて、ばつが悪そうだ。

だが、俺にはアリオの気持ちはよくわかる。

冒険者として、人助けして感謝されたり、強敵を倒したりしたいと思うのは当然ではある。

ちょうどそのとき、ギルドの受付から職員が出てきて、一枚のクエスト依頼票を張り始めた。

その様子を見ていたジニーが言った。

「お兄ちゃん、ゴブリン退治の依頼が出たみたい」

「何だって！」

アリオは勢いよく椅子から立ち上がった。

ジニーは依頼票の文字を読み取ったようだ。

ここから掲示板までそれなりに距離がある。ジニーは優秀な狩人《かりゅうど》なので目がよいのだ。

「ゴブリン退治か。受注しよう」

アリオがそう言うと、ジニーも真剣な表情で頷《うなず》いた。

「そうだね、お兄ちゃん。今は他の冒険者たちもほとんどいないし」

「じゃあ、俺も手伝おう」

「いいんですか？」

「ああ、ゴブリン退治はなるべくやることにしているからな」

「ロックが協力してくれるなら、百人力《ひゃくにんりき》だよ」

アリオはほっとした様子で言う。

ゴブリン退治をアリオはジニーと二人でやるのが少し怖かったのかもしれない。

怖くとも、力のない村人のために危険を冒してでも戦う。

それは、なかなかできることではない。

「俺はこのまま出かけるが、ガルヴとゲルベルガさまは家に帰るか？」

「ガウ！」「コゥ！」

ガルヴもゲルベルガさまも一緒に来たそうな顔をしている。

少し不安は残る。

ゲルベルガさまは問題ない。疲れれば俺の懐《ふところ》に入っていればいいからだ。

だが、ガルヴは……。大丈夫だろうか。

それほど激しくはなかったとはいえ、今は散歩の後だ。

ガルヴが疲れきって動けなくなったら……。

「……いざとなれば俺が背負えばいいか」

「がう？」

俺はきょとんとしているガルヴの頭を撫でた。

「アリオ、受注の旨を伝えてきてくれ。俺は家に連絡しておく」

「わかった。任せてくれ！」

アリオとジニーがゴブリン退治クエを受注するためカウンターへと走る。

そして、俺はギルドの建物から出ると、通話の腕輪を通じてケーテに話しかけた。

「ケーテ。もう屋敷に着いたか？」

『む？　ああ、着いたのである！　タマは水を飲んだ後フィリーの研究室に走っていったのである』

「それはよかった。ケーテ、シアとセルリスに伝言を頼む」

『何であるか!?』

「ゴブリン退治のクエを受注したから、このまま行ってくる」

『えっ？　すぐに帰ると言っていたのだ』

「すまない。だが、困っている人もいるし。今俺にやれることは特にないからな」

爆弾対策は、錬金術の天才フィリーが今がんばっている。

王宮内に潜んでいる敵を探すのはエリック率いる枢密院《すうみついん》の仕事だ。

その他、昏き者の遺跡の調査などはゴラン率いる冒険者ギルドが全力を尽くしている。

俺はその結果を待っているところだ。

敵が誰《だれ》なのか、そしてどこにいるのか判明すれば討伐《とうばつ》できるのだが。

今は何もできることはない。

「ということで、伝言を頼む」

『ちょっと待つのである。具体的に依頼先はどこの村か詳しく教えるのだ』

「別に構わないが、その詳細な情報は必要なのか？」

『当たり前である。緊急時、知ってないと初動が遅れてしまうのであるぞ？』

確かにケーテの言う通りだ。

俺がゴブリン退治をしている間に、緊急で何かが起こる可能性はある。

その場合、ケーテに迎えにきてもらうことになるかもしれない。

「確かに何か緊急の出来事が起きてから、細かく所在地を説明するのは時間の無駄だな」

『であろー？』

俺は依頼先の村の所在地を細かくケーテに説明する。

その後、改めてセルリスかシアへの伝言を頼んでおいた。

ケーテは伝言をしっかり伝えてくれるだろう。

「一応言っておくが、セルリス、シアやニアには休養が必要だからな？」

ゴブリン退治と聞けば、セルリス、シア、ニアたちも来たがるかもしれない。

だが、セルリスもシアもニアも、昨日激しく戦い、今日も朝から訓練をしていた。

彼女たちには休息が必要だ。

無理しては身体《からだ》を壊してしまうかもしれないのだ。

『わかっているのである。そこらへんは任せておくがよいのだ』

ケーテは力強く請け負ってくれた。

これで無理をしてセルリスたちが、俺たちのゴブリン退治についてくることはないだろう。

その後、俺は通話を切ってギルドの建物へと戻る。

すると、ちょうどアリオたちが受注を終えたところだった。

受付嬢もアリオ、ジニー、俺の三人で受注すると聞いて納得してくれたらしい。

「Ｆランク三人なら、大丈夫だと思いますが……」

「ああ、任せておいてくれ」

「ですが、本当に気をつけてくださいね？」

心配してくれている受付嬢から依頼の詳細を聞いて、俺たちは出発する。

歩きながらジニーが言う。

「依頼元の村まで、徒歩で三時間ぐらいですから、順調にいけば日帰りで行けそうですね」

往復で六時間。ゴブリン退治に三時間なら九時間だ。

今はお昼前なので、日付が変わる前には王都に戻れるかもしれない。

「そうだな。そうなればいいな」

そう言いながら、俺はガルヴをちらりと見た。

やはりガルヴには泊まりはきついかもしれない。

「やっぱり日帰りの方が気が楽ですよね」

「前回のゴブリン退治は二泊三日だったもんな」

アリオもそんなことを言う。

前回のゴブリン退治では、シアと出会い、ゴブリンロードやヴァンパイアロードと遭遇した。

「またゴブリンロードに出会ったら……」

「そう簡単にゴブリンロードには出会わないさ」

ジニーが少し心配そうにしていたので、俺は笑いながらそう言っておいた。

「今度はドラゴンに出会ったりしてな！」

「それはないと思う」

アリオがおどけたように言って、ジニーが笑顔で否定《ひてい》する。

アリオなりに妹ジニーの緊張をほぐそうとしたのだろう。

そうして、和気あいあいとした雰囲気で、俺たちは進んでいった。

第二章

俺《おれ》たちは王都の門を出て、道に沿《そ》って進んでいく。

主要な太い街道ではなく、脇道《わきみち》と言っていい細い道だ。

ほとんど人が通らないので、道のところどころに草が生《は》えているぐらいだった。

二十分ほど歩いたところで、先頭を歩いていたスカウトのジニーが足を止めた。

「ロックさん、お兄ちゃん……。あれって……」

「あれ？　ん？　こんなところに丘はなかったと思うんだが……」

アリオが首をかしげる。アリオの視力はジニーほどではないからわからないのだろう。

「あれは……、ドラゴンだな」

「やっぱり……。ドラゴンですよね。引き返しましょう」

「まさか、ドラゴンがこんなところにいるわけないだろう？」

そう言って、アリオは笑う。

だが、道の横、少し離れたところに巨大なドラゴンがいるのは間違いない。

「すぐに引き返しましょう。安全第一ですし、冒険者ギルドにも報告しないと」

「……うん。すまない。言いにくいんだがあれは俺の知り合いだ」

俺がそう言うと、ジニーは何かすごいものでも見る目でこちらを見た。

道の横に座っていたドラゴンはケーテだった。

俺の自宅にいたはずのケーテが、なぜかドラゴン姿で座っているのだ。

「あ、ロック。奇遇であるな！」

ケーテは嬉《うれ》しそうにそう言うと、ドタドタと駆けてくる。

「絶対奇遇じゃないだろ。待ち伏せしていただろう？」

「……そんなことないのである」

「なぜそこで嘘《うそ》をつく」

「……ロックは自意識過剰なのであるぞ？」

「じゃあ、ここで何してたんだ？」

「日課の遺跡の点検をしている途中で休憩していただけなのである」

「……ふーん」

明らかに嘘だと思う。

ケーテは先ほどゴブリン討伐《とうばつ》クエの依頼元の村の場所を、俺に詳しく聞いてきた。

聞いた理由は、ここに先回りして待ち伏せするためだったに違いない。

だが、深く突っ込んでケーテの嘘を暴《あば》いても仕方がない。

「がうがう！」

ガルヴが嬉しそうに、ケーテの足に飛びついている。

「おお、ガルヴ。はしゃいでおるなー」

ケーテも機嫌《きげん》よく指の背でガルヴを撫《な》でる。

俺は、俺の背後で怯《おび》えた様子のアリオとジニーに向けて言う。

「こいつはケーテという俺の友達のドラゴンなんだ」

「そうか、すごいな……」

「そ、そうなんですね。ドラゴンのお友達がいるとはさすがロックさんです」

アリオとジニーはドン引きしている。

「お主たちがロックのお友達のFランク冒険者であるなー？」

「ア、アリオです。ま、ま魔導士です。火球《ファイアーボール》と魔法の矢《マジックアロー》が使えます」

「ジニーです。弓スカウトです」

アリオとジニーは緊張気味に自己紹介する。

だが、アリオの名前は、このまま放置したらアアリオだと誤解されそうだ。

「二人はアリオとジニー。俺の冒険者仲間なんだ」

「そうであるかー。我はケーテぞ。ロックのお友達である。今後ともよろしく頼むのである」

「こ、こちらこそよろしくお願いします！」

「おおお願いします」

アリオはいつもと違い敬語モードだ。

ドラゴンが相手だから、緊張しかつ怯えているのだろう。その気持ちはよくわかる。

ケーテは機嫌よく尻尾《しっぽ》を揺らしながら、

「む？　ロックはゴブリン退治にいくのであるな？　ここで会ったのも何かの縁。我も手伝おう」

「そうか、じゃあ折角だから頼もうかな」

「任せるのである！」

「「えっ？」」

ケーテは嬉しそうに尻尾を揺らし、アリオとジニーは困惑した様子でこちらを見てきた。

ゴブリン退治にこれほど立派なドラゴンを手伝わせていいのか？

そもそも、ゴブリンよりも、このドラゴンが怖い。

そんなことを思っていそうだ。

ドラゴンは恐怖の権化《ごんげ》なので仕方がない。

「がうがうっ！」

「ガルヴ、おやつが欲しいのであるかー？」

尻尾を振りながらケーテに飛びついているガルヴも、ケーテに出会った当初は怯えていた。

アリオとジニーもすぐに慣れるだろう。

「ケーテはいいドラゴンだから安心してくれ。怯える必要はない」

「ロックさんがそうおっしゃるなら……」

「お、俺は別に最初から、別に怯えては、別にない……」

「お兄ちゃん落ち着いて」

「お、お落ち着いてるさ。おお、おかしなジニーだな」

アリオは、妹のジニーより明らかに動揺している。

「アリオは面白《おもしろ》い奴《やつ》であるなー。そうだ。せっかくだ。我の背に乗せてやろう」

「いや、その必要はない」

俺が断ると、ケーテは首をかしげる。

「なぜであるか？　速いのである」

ケーテの背に乗れれば、徒歩三時間の道程を五分、十分で移動できる。

効率はとてもよい。

「だがな。ケーテ。俺たちの目的地はゴブリンに怯える村なんだ」

ドラゴンで駆けつけたら怯えるどころではない。

「村から離れた場所で降りればよいのである」

「いや！　いや！　念には念を入れた方がいい！　歩いていこう！」

アリオがここぞとばかりに反対する。

「そうだな。アリオの言う通りだ」

離れたところに降りればいいというケーテの案は正しいと思う。

だが、アリオもジニーもケーテにまだ怯えている。

その状態で遙《はる》か上空を飛行するのは酷だ。

ケーテの背は人が乗るようにはできていない。

バランスを取りにくいし、摑《つか》めるところも鱗《うろこ》の端などだ。けして摑みやすくはない。

俺がカバーすれば落ちることはなかろうが、ひざが笑い腰が抜けるかもしれない。

そうなれば、ゴブリン退治に支障が出るだろう。

だから俺はケーテに言う。

「歩いていこう。せいぜい三時間程度だ。ケーテもついてくるなら人型になってくれ」

「わかったのである」

行きの三時間とゴブリン退治でアリオとジニーもケーテに慣れるだろう。

そうなれば、帰りはケーテの背に乗せてもらえばいい。

それだけで充分時間の短縮になるだろう。もしかしたら日没までに戻れるかもしれない。

「じゃあ、人の姿になってくるのだ」

そう言って、ケーテは近くの森の中へと走っていった。

ケーテは急に裸《はだか》になることはなくなった。人の風習に慣れてくれたらしい。

すぐに人の姿になったケーテが戻ってきて、俺たちは村へと歩き始める。

ケーテはジニーに楽しそうに話しかける。

「ジニーはゴブリン退治が得意なのであるか？」

「得意ってわけではないですけど……」

「我は得意なのだ。人族とゴブリンの見分け方もばっちりであるからなー」

「え？　そ、そうですね」

ジニーは、ケーテの言葉の意味がわかっていなさそうだ。

「ケーテ、一匹二匹のゴブリンを倒すだけなら簡単だ。だが、それだけではダメなんだ」

「そうなのか？　倒せばいいいと思っていたのである」

「ゴブリンは群れを作るからな。群れ全体を退治する必要がある」

被害をもたらしているのが、一つの群れによるものか、複数の群れによるものか。はたまた、はぐれゴブリンによるものか。

また、どこの巣から来たゴブリンの群れなのか。それらをしっかり調べる必要がある。

そして、巣ごと退治しなければならない。

そんなことを伝えると、ケーテはうんうんと頷《うなず》いた。

「勉強になるのである」

「ケーテは強いが冒険者としては初心者なのだし、俺の言うことをしっかり聞かないとダメだからな」

「了解したのである」

村までの道のりは三時間とたっぷりある。

その時間を利用して、俺は歩きながらゴブリン退治についてケーテに語る。

「ほうほう！　そういうものなのだな！」

「勉強になります」

「ああ。ためになるな」

ケーテだけでなく、ジニーとアリオも真面目《まじめ》に聞いてくれた。

途中で休憩を挟みながら、歩いて三時間後、村が見えてきた。

「あの村ですね」

元狩人にして弓スカウトのジニーは目がいいので、すぐに村に気づいた。

「小さな村ですね」

「ああ、何か物が不足しても村で補充することは期待できなさそうだな」

アリオはそんなことを言う。

冒険者の常識として、基本的にはアイテムを補充しなくてもいいように準備している。

だが、不測の事態というのはよくある。

そういうときに現地で補充できると、すごく助かるのだ。

「アリオ、ジニー。交渉は基本的にそっちに任せる」

「はい！　任せてください」

「俺たちも、あれから何度か冒険しているからな。交渉も慣れたもんだよ」

「それは頼もしい」

そんなことを話しているうちに村の入り口のすぐ近くまで来る。

「……がう」

突然、ガルヴが俺の袖《そで》を咥《くわ》えた。

「どうした？」

「ガウウゥーー！」

ガルヴは村の中を睨《にら》みながら、低い声で唸《うな》り始めた。

「全員、一旦《いったん》止まってくれ」

俺がそう言うと、アリオとジニーは無言で頷き、足を止めた。

「ガルヴはどうしたのであるかー？」

ケーテも首をかしげながら足を止めた。そしてガルヴをわしわし撫でる。

ケーテに撫でられても、ガルヴは唸ったままだ。

俺はガルヴに尋ねる。

「どうした？　ガルヴ」

「ウゥー」

ガルヴは村に向かって唸り続けている。

村の中に警戒すべき何かがいると、伝えているのだ。

俺は魔力探知《マジック・サーチ》を広範囲に発動させる。

魔力探知は魔力を持つものの数と大きさを調べることができる魔法だ。

「ふむ」

村の中には百ほどの魔力を持つものが存在した。

この時点では特に異常は見受けられない。普通の小さな村である。

ただ、魔力探知では人間と昏《くら》き者の区別はつかない。

もっと言えば、人ぐらいの大きさの家畜と人の区別もつけにくい。

そのため、俺は続けて魔力探査《マジック・エクスプロレーション》を発動させる。

百の魔力を持つもの全員に魔力探査をかけていく。

手を触れずに遠隔で、しかも百体同時は難度が非常に高い。加えて魔力消費も膨大《ぼうだい》だ。

だが、時間短縮になる。

「……まともな状態の人間が一人もいない」

「え？」

「どういうことですか？」

俺の言葉に、アリオとジニーが驚いて目を見開いた。

「つまり、全員ゴブリンということなのであるな？　村ごと吹き飛ばせばよいか？」

「いや違う。少し待ってくれ。ケーテ」

「わかったのである」

ジニーが弓を取り出しながら尋ねてくる。

「ロックさん。ゴブリンでないというと……」

「ヴァンパイアの眷属《けんぞく》が三十体。魅了《みりょう》された人間が七十人」

魅了された人間たちは、恐らくヴァンパイアどもの食糧と人質を兼ねているのだろう。

「ふむー。ヴァンパイアはいないのであるか？」

「村の中にはいなかったな」

だが、近くにいるのは確実だ。

これだけ大量の眷属と魅了された者たちを抱えているのだ。

ヴァンパイアも、アークヴァンパイア程度の雑魚《ざこ》ではないだろう。

「少なくともアークヴァンパイアが近くにいると考えた方がいい」

ハイロードがいてもおかしくはない。

だが、あえてロードやハイロードが存在する可能性を告げて怯えさせる必要はないだろう。

アリオとジニーにとっては、ロードもハイロードのどちらも強すぎる相手だ。

「やはり、村ごと焼きはらった方がいいと思うのである」

「ケーテ。魅了された人間は治療すれば元に戻れるんだ」

「……そうであるか。それは助けないといけないのである」

ケーテはうんうんと頷いている。

救出しながら戦うのは、非常に難しい。

「俺たちだとロックさんの足を引っ張る。退《ひ》いた方がいいかもしれないな」

「そうだね、お兄ちゃん」

アリオとジニーの判断は正しい。

だが、二人だけで帰らせるわけにはいかない。

帰路の途中で、ヴァンパイアロードに襲われて眷属にされる可能性が高いからだ。

「二人で帰るのは危険だ。そもそもこの依頼自体が罠《わな》だろうからな」

「罠ですか？」

冒険者を眷属にできれば非常に使い勝手のよい駒《こま》になる。

だから、ゴブリン退治の偽依頼で冒険者を呼び出した可能性が高い。

「実際、前回シアと一緒に退治したヴァンパイアロードは、それを狙《ねら》っていたようだったからな」

「そういうこともあるのか……」

「恐ろしいですね」

アリオとジニーは改めて怖くなったようだ。

前回、シアと一緒にヴァンパイアロードを倒したことは伝えた。

だが、ロードがどのようなことを企《たくら》んでいたかまでは伝えていなかったのだ。

「ということで、二人だけで引き返すのは危険だ」

「じゃあ、全員で戻ろう」

アリオの言葉に俺は首を振る。

「眷属はともかく魅了されている者たちを放置できないからな」

七十人の魅了されている者たちは助けられる。放置はできない。

放置すれば、魅了されている者が眷属にされるかもしれない。

眷属にされたら、元に戻す術《すべ》がなくなってしまう。

「ケーテ。ここは俺に任せて、竜形態に戻ってアリオとジニーを乗せて一旦王都に――」

俺は最後まで言えなかった。

途中で、魔法の槍《マジックランス》が上空から降《ふ》り注《そそ》いできたからだ。

その数、数十本。ケーテとガルヴはとっさにかわす。

そして、俺は足を止めてアリオ、ジニーを覆《おお》う魔法障壁を展開した。

――ガガガガガガガッ
障壁に魔法の槍が当たって、派手な音が鳴る。

魔法の槍の威力は非常に高い。恐らくロード以上のヴァンパイアが繰り出したものだろう。

「……おいおい。最初から殺意が高いな」

冒険者を手駒にするための罠という、俺の予想は外れたのかもしれない。

殺してしまえば魅了をかけられないし、眷属にもできない。

「捕らえにくるのではなかったのであるか⁉」

かわしきれなくなったケーテが魔法の障壁を展開して防御を始めた。

そして、俺はガルヴの周囲にも魔法の障壁を展開する。

「殺意が高い理由は後で調べよう。それよりガルヴ、こっちに来なさい」

「ガウ！」

ガルヴは素直にこちらに駆けてきた。

ケーテはともかくガルヴが魔法の槍に当たれば重傷を負ってしまうだろう。

どうせ守るならまとまってくれるとすごく助かる。

「ひっ」『ひぅ」

アリオとジニーが俺の展開する魔法の障壁の中で怯えた声を出している。

俺は二人を安心させるために言う。

「アリオ。ジニー。ここにいれば大丈夫だ。俺が守る」

「ああ、ありがとう」

「あ、ありがとうございます！」

そして、俺は通話の腕輪を起動して、腕輪につながる全員に聞こえるようにして語りかける。

「エリック。ゴラン。一応報告だが、ヴァンパイアの拠点を見つけた」

『詳しく聞かせてほしい』

『何だと？　どこにあんだ、それは』

俺は二人に村の位置と状況を報告する。

『眷属と魅了された者たちだけか……』

「だが、今は非常に強力な魔法の槍で攻撃を受けているところだ。ハイロードクラスがいると考えた方がいい」

『何だと？　それを早く言え』

「こっちは任せろ。ケーテもいるからな。それにエリックたちが駆けつける頃には戦闘は終わっているだろうさ」

『わかった。戦闘は任せる』

『……後処理のためにすぐに人を派遣しよう』

「ああ、頼む」

そして俺は通話を切った。

通話している間も、魔法の槍は降り注ぎ続けている。

「なかなかの魔力量だな」

「ロック！　敵が見つからないのである」

「隠れているんだろう。少し待っていてくれ」

「わかったのである」

この前、倒した真祖《しんそ》は、隠蔽《いんぺい》がものすごく得意だった。

ヴァンパイアどもも、隠蔽の重要性に気づいたのかもしれない。

俺は魔法の障壁を維持したまま、魔力探知を発動させる。

村を調べたときよりも、かなりレベルを上げて周囲を探る。

「ケーテ！　全部で五匹だ！」

そう言いながら、俺は五匹に向けて魔法の槍を放つ。

敵がこちらに撃ち込んできている魔法と同じ魔法を攻撃手段として選んだのはあえてだ。

一方的に攻撃されて腹がたっていたので意趣返しである。

「グエ！」「ギャッ！」「ギエッ！」「ガフッ！」

隠れていた五匹を狙って、悲鳴を上げたのは四匹。

残りの一匹は、俺の魔法の槍をかわしたようだ。

敵の内訳は、アーク四匹とロード一匹といったところだろうか。

だが、ただのアークやロードではないのは確実だ。

ただのアークたち相手なら、ケーテが魔法の槍の出所に気づかないはずがないからだ。

それに、ただのロードが俺の魔法の槍を避けられるはずもない。

「強化ずみか？」

そう呟《つぶや》いて、俺はアーク四匹を見た。

四匹は、俺の放った魔法の槍に貫かれて血を吐いている。

致命傷に近い。だが、完全にとどめを刺すまで油断できないのがヴァンパイア種だ。

「たあああ！」

ケーテは俺の魔法の槍の着弾と同時に、ものすごい速さで走り出している。

ケーテの目指す相手は、魔法の槍をかわした一匹。

この場にいる敵の中で、一番強いであろうロードだ。

ケーテは人型で、しかも素手。

だが、凄《すさ》まじい速さで間合いを詰めると、蹴《け》り飛ばすと見せかけて、直前に上に跳ぶ。

フェイントをかけたうえで、勢いよく拳《こぶし》を打ち下ろした。

「どっらあああ！」

「ッツ！」

ロードは必死の形相で、ケーテの拳をギリギリかわす。

空ぶったケーテの拳は地面に当たり、大きな音を出して土煙を激しく巻き上げた。

いや、土煙というよりも土と石の混ざった爆風だ。

「ふんふんふんふん！」

ケーテはロードを至近距離での格闘戦に引きずり込んだ。

しかも、有利に戦いを進めている。

風竜王は人型でも、格闘戦に秀でているようだ。

あちらはケーテに任せて大丈夫だろう。

「さてと、逃げられると思わないことだ」

俺は魔法の槍で心臓あたりに大きな風穴があいている四匹に向けて言う。

「最初から殺しにきたってことは、俺たちのこと知っているんだろう？」

「人族風情《ふぜい》が調子に乗りやがって！」

「その人族ごときに調子に乗られて恥ずかしくないのか？」

ヴァンパイアどもから情報を仕入れたいのでとどめを刺しにくい。

だが、あまり長引かせるわけにはいかない。アリオとジニーがいるのだ。

それに近くにはヴァンパイアに制圧された村がある。

中から村人たちがやってきたら厄介《やっかい》だ。

眷属ならば容赦《ようしゃ》なく倒せばよいが、魅了されている村人ならばそうはいかない。

殺さずに制圧し、無力化して、解呪《かいじゅ》をしなければならない。

一人一人が弱くとも、七十人いれば厄介なことこの上ない。

「ケーテ！　あまり時間はない。さっさと片づけてくれ」

「ロックは難しいことを言うのである！」

口ではそう言いながら、ケーテはロードを殴り飛ばし、追いかけて蹴り上げる。

「任せっきりにはしてられないか」

ケーテは、文句なしに戦闘力が高い。だが、対ヴァンパイア戦がうまくない。

至近距離での格闘に持ち込んだのは素晴らしい判断だ。

実際、ロードは魔法を使う暇すらない。一方的に殴られている。

だが、対ヴァンパイア戦で必要なのは倒しきるための攻撃だ。

首をひねり切るか、心臓を抉《えぐ》り出すかしたうえで燃やしたりする必要がある。

「お前たちにかかわっている暇がなくなった」

俺はそう言うと、アークヴァンパイアたちの首を魔神王の剣で斬《き》り落とした。

首だけで地面に転がりながらアークヴァンパイアが叫ぶ。

「許さぬぞ、下等なる人族め！」

「うるさい。さっさと死んでろ」

首だけになったアークどもがコウモリや蠅《はえ》に姿を変えようとした。

「ガガガガアウ！」

そのうちの一匹は、ガルヴが噛《か》みついて、とどめを刺す。

ガルヴの牙《きば》と爪《つめ》に押さえられると、ヴァンパイアは変化できなくなる。

それがガルヴの特殊能力だ。

「ガルヴ、よくやった！」

「がう！」

俺も負けていられない。

絶対に逃がさぬよう魔力探知《マジック・サーチ》をかけながら、念入りに燃やしておく。

そして、俺はそっと胸当ての上からゲルベルガさまに触れる。

今日のゲルベルガさまはヴァンパイアが変化した瞬間に鳴かなかった。

だから、少し不思議に思ったのだ。

俺が確認すると、ゲルベルガさまは静かに眠っていた。

散歩の途中でやってきたので、ゲルベルガさまも疲れたのかもしれない。

「むしろよかったかもしれないな」

ゲルベルガさまが鳴いたら、神鶏《しんけい》がいることがばれる。

周囲に隠れている昏き者どもはいないはずだ。

だが、村の魅了された者や眷族に何者かが紛《まぎ》れている可能性はある。

それに、アークヴァンパイアごとき、ゲルベルガさまが鳴くまでもない。

「ゲルベルガさま。ゆっくりおやすみ」

「……」

ゲルベルガさまは大人しく眠り続けていた。

「アリオ、ジニー！　しばらくそのまま待機してくれ」

「わかった！」

「了解しました！」

「油断はするな」

「わかってる！」

アリオとジニーは素直に指示に従ってくれる。

それだけ俺のことを信用してくれているのだ。

二人のいるところに、魔法障壁を展開したまま、ケーテの方へと走る。

「ガウガウ！」

ガルヴも真剣な面持《おもも》ちで尻尾を立てて俺を追ってくる。

「ガルヴも油断するなよ」

「ガウッ！」

ガルヴは元気な自信のある吠《ほ》え声を返してくれた。

今日のガルヴも頼りになりそうだ。

俺は殴りあっているケーテとヴァンパイアロードに一気に近づく。

そしてケーテがロードの顔面を殴っているところに横から突っ込んだ。

「殴っても殴っても立ち上がってくるのである！　こいつロードのくせに強いのだ」

ケーテが言う通り、確かにロードの割には強い。

邪神《じゃしん》に強化されたロードなのかもしれない。

とはいえ、以前戦った邪神に強化されたロードよりは弱そうだ。

「そりゃそうだ。ヴァンパイアはゴキブリみたいにしぶといんだ」

「ふざ……」

ロードが怒り、俺を睨みつける。だが、それだけだ。

俺の言葉に反応できたとしても、動きに反応する暇は与えない。

問答無用で、ロードの首を右手に持つ魔神王の剣で斬り落とした。

「ケーテ！　とりあえず首を落とすのが簡単だ」

「それはそうだろうが、我は武器を持ってなかったのである！」

「そういうときはこうしろ！」

俺は左手に魔力をまとって、ロードの皮膚を破り胸骨を砕《くだ》いて心臓を鷲掴《わしづか》みにする。

「うぐあああああああ」

すでに頭と身体《からだ》が離れている。だというのに、ロードは苦し気に呻《うめ》く。

そして、俺は心臓を掴んだまま左手を引き抜いた。

「心臓を抜き取れば、そこそこ大きなダメージを与えられる」

「……ロックはすごいことするのであるな」

「だが、これならケーテにでもできるだろう？」

「できるけど……。感触が気持ち悪そうなのだ」

「まあ、気持ち悪い。ケーテも武器を持ち歩くといい」

そして、俺は首を斬り落とし、心臓を取り出したロードに向かって言う。

「わざわざ依頼を出して冒険者を呼び出すとは、人手が足りないのか？」

「………」

「ふむ、答えたくないか」

ヴァンパイアロードは何もしゃべらない。

ヴァンパイアは基本的に口が堅いのだ。

口が堅いのは種族的な特徴ではなく、邪神の狂信者だからかもしれない。

人族でも邪神の狂信者は口が堅いものだ。

素直に聞いても情報を得られないのならば、攻め方を変えなければなるまい。

「お前たちも大変だよなぁ」

俺がやさしい口調で同情してみせると、

「……？」

ロードは怪訝《けげん》な表情を浮かべながらも、俺を睨みつけてきた。

「真祖《しんそ》だっけ？　あんな雑魚《ざこ》が上司だと、苦労するだろうなぁ」

「貴様！　下等生物があの方を愚弄《ぐろう》するな」

「その下等生物にあっけなく倒されたのがお前らの上司だろう？」

「貴様か！　貴様があの偉大なる御方に傷を――」

どうやら真祖が倒されたことを、このロードは知っているようだ。

俺が挑発したのは、昏き者どもの間で真祖が死んだことが知られているか知りたかったからだ。

会話の結果から判断するに、真祖がどのように死んだかもこのロードは知っているらしい。

レッサーやアークはともかく、ロードクラスにはかなり詳細な情報が広まっていると考えるべきだろう。

そこまで考えて、俺はロードの言葉に違和感を覚えた。

「………傷だと？」

「お前らのような猿が触れてよい方ではない！　神罰が下るだろう！」

それは、まるで真祖が死んでいないかのような口ぶりだった。

ヴァンパイアについてはまだ知らないことがある。

真祖については特にそうだ。

人前にめったに現れない上、ヴァンパイアどもは真祖について語らない。

シアたち、狼《おおかみ》の獣人族たちですら、ほとんど知らないだろう。

真祖を倒せたと思ったのは間違いだったのかもしれない。

もう少し情報が欲しい。

「上司が馬鹿《ばか》だと大変だな。こんな間抜けな策を実行して、あげく殺されるんだからな」

「あの方を愚弄することは許さぬぞ！　神も許すまい！」

「あの方、あの方って、お前らは真祖を知らないんだ。俺ごとき猿にやられてあっけなく死ぬ程度の雑魚だ」

「……愚《おろ》かな奴だ。猿があの方を殺せるわけがない」

このロードは精神的に若いようだ。いや幼《おさな》いと言うべきか。

外見から、ヴァンパイアの年齢を測るのは難しいので実際の年齢はわからない。

だが、俺の挑発に乗って口がなめらかになっている。

さらに挑発すれば、もう少し話してくれそうだ。

「そう信じたい気持ちはわかるが……これは事実だ。残念だったな」

「ふん。信じたいことを信じているのはお前だろう。実際俺は……」

そこでロードは口ごもった。

「実際俺は、どうしたんだ？」

「…………」

ロードは完全に口を閉ざした。途中までうまくいっていたのに残念だ。

冷静さを取り戻してしまったようだ。

「…………ふん。自分たちの中に裏切り者がいるとも知らずにのんきなものだ」

「裏切り者？」

「下等生物は下等生物らしく、共食いで滅びるがよい」

「何か計画があるのか？」

「…………」

無言のまま、ロードは灰へと変わっていった。どうやらこれ以上情報を漏《も》らさぬように自害したのだろう。

死ぬ直前のロードは冷静さを取り戻していた。

ならば、最後の言葉も何らかの意図があると考えるべきかもしれない。

裏切り者。共食い。

ロードは死ぬ前に、俺に疑心暗鬼の種を植えつけるために、そう言ったのかもしれない。

だが、完全に無視することもしにくい言葉でもある。

実際、王宮に裏切り者がいることは間違いない。

そして、その裏切り者を俺たちはまだ見つけ出せていないのだ。

俺が考えていると、後ろの方からケーテが言う。

「もうよいか？」

「とりあえずは大丈夫だ」

するとケーテとガルヴ、アリオとジニーがやってきた。

「ロックさん、ヴァンパイアロードを倒されたんですか？」

「ああ倒した」

「ロックが強いことは知っていたけど……ここまでとは」

「俺はFランク冒険者だが、ベテランだからな」

「そんな無茶苦茶な」

「でも、ロックさんならあり得る気がします」

アリオとジニーはうんうんと頷いている。納得したようだった。

「ロック。我は耳がいいから話を聞いてたのであるが……」

そして、俺の耳元でささやく。

「真祖は生きておるのか？」

「可能性はある。だが、はったりかもしれない。竜たちは真祖について何か知っていることはないか？」

「知らないのである」

「それもそうか」

もし知っていたら、ドルゴやモルスが教えてくれただろう。

竜たちにとっても、真祖は未知な存在らしい。

「とにかく、油断はできないな」

俺とケーテがこそこそ話していると、

「ロックさん、村の様子を見てきてもいいですか？」

「ああ、ヴァンパイアに襲われた村ってのが心配だ」

ジニーとアリオは真剣な表情だ。

「いや、まだ村には近寄らない方がいい」

「どうしてだ？」

「アリオ、ジニー。村はまだヴァンパイアの手に落ちたままだ」

「ロックとケーテさんが、もうヴァンパイアを倒したんじゃないのか？」

「倒したんだがな」

俺はずっと村に魔力探査と魔力探知をかけ続けている。

その結果、村にいる魅了された者や眷属が動き続けていることを確認していた。

魅了をかけられた者も眷属にされた者も、術者であるヴァンパイアが滅んだら、魅了は解け、眷属は灰になるのだ。

つまり、村人に魅了をかけ眷属にした者は、倒したロードではないということだ。

それをみんなに説明する。

「冒険者ギルドに応援を要請してあるからそれを待った方がいいな」

そして俺はケーテにアリオとジニーを王都まで送ってもらおうと考えた。

ヴァンパイアの拠点の制圧はFランク冒険者であるアリオとジニーにとって荷が重すぎるからだ。

「ケーテ。アリオとジニーを――つぅぅ……」

強烈に頭が痛くなった。吐き気に襲われ、身体から力と魔力が失われていく。

「ぐうううう」「ぁぅぅぅ」

ケーテとガルヴも辛そうに呻いている。

この感覚には覚えがある。

王都などに張られる昏き者どもを排除する神の加護。

それの邪神版。強い人族や竜族、聖なる者ほどダメージを受け行動に制約を受ける邪神の加護である。

第四章

アリオとジニーは気持ちが悪そうに、ひざをつく。

「……吐《は》きそうだ」

「手足がしびれます。立っていられないです。毒ガスでしょうか」

苦しんではいるが、まだ症状は軽い。

力ある者ほど邪神《じゃしん》の加護の影響を受ける。だから力の弱いアリオとジニーはまだましなのだろう。

「……ゲルベルガさま、大丈夫か？」

「…………ウウウウ」

ゲルベルガさまは俺《おれ》の懐《ふところ》の中でぷるぷる震えている。

ゲルベルガさまは神鶏《しんけい》。この中でもっとも邪神の加護の影響を受けているはずだ。

もしかしたら、俺たちがロードと戦っている間、邪神の加護は発動しかけていたのかもしれない。

だから、眠っているように見えたゲルベルガさまは、邪神の加護の影響で具合が悪くなっていた可能性もある。

俺は魔法で周囲を探索するが見つからない。

巧妙に隠されていることに加えて、邪神の加護により俺自身も本調子ではないからだろう。

「ケーテ、邪神の加護だ！　コアを探せ。コアを壊せば――」

ケーテと二人がかりで探せば見つかるかもしれない。そう考えて俺は叫《さけ》ぶ。

邪神の加護はエリック、ゴラン、シアたちとハイロードを倒したときにも使われた。

あのときはコアを壊して、邪神の加護を消滅させたのだ。

「ないのである！」

ケーテの悲鳴のような声が響く。ケーテもすでに探し始めていたようだ。

魔力探知の精度も邪神の加護のせいで、かなり落ちている。

とはいえ、ここは屋外。隠せる場所も近くには見当たらない。見つけやすいはずだ。

だというのに見つからない。

「……下か？」

俺は地中に向けて魔力探知を発動する。当然意識も下へと向かう。

まさにそのとき、

「上だ、間抜《まぬ》けが！」

低い声が俺の耳に届くのと同時に、巨大な魔力弾が降《ふ》り注《そそ》ぐ。

俺はとっさにアリオとジニー、そしてガルヴを守るために障壁を張る。

ケーテは強力な魔導士ではあるが、邪神の加護の影響下にあるため自分の身を守るので精一杯だ。

魔力弾の威力が高すぎる。守りきるのは容易ではない。

魔力弾の雨が収まった後、俺はアリオたちに尋ねる。

「無事か？」

「ロックさん、血が！」

ジニーが悲鳴に近い声をあげるので、俺は微笑《ほほえ》んでおく。

「かすり傷だ。気にするな」

「かすり傷？　ふん。肩の肉が抉《えぐ》れているように見えるがな？」

上空からゆっくりと、俺の右肩の肉、拳《こぶし》の四分の一ほどの大きさを吹き飛ばした奴《やつ》が降りてくる。

「気のせいだろう。俺のかすり傷より、お前の顔色の方が心配だな。どうしたんだ？　まるで死んでいるみたいだぞ？」

俺は心底驚いていた。だが平然と返す。

「ロック、あいつは……あいつは、死んだはずなのである！」

降りてきたのは、倒したはずの真祖《しんそ》だ。

「我が死ぬだと？　トカゲは道理を知らぬようだ」

顔は青白く、一般的なヴァンパイアと比べても生気を感じない。

死んだはずの身体《からだ》を何らかの方法で動かしているのだろうが、俺にはわからなかった。

「……きつかろう？　神の加護」

降りてくると、真祖はロードの灰に手を突っ込んだ。

そしてメダルを取り出す。そのメダルはいつものロードのメダルとは気配が違った。

「網を張っていた。こんなに早くかかるとは思わなかったぞ」

「そうか。お前はコウモリじゃなく、蜘蛛《くも》だったのか？」

そう言いながら、俺は魔力探知を素早くメダルにかけた。

それに気づいたのだろう。真祖はにやりと笑うと、メダルにかかった魔法を解いた。

「ロック、あれが……」

ケーテも気づいたようだ。邪神の加護のコアをメダルに偽装していたようだ。探しても見つからないはずだ。

「手の込んだことをする」

「おかげで貴様も気づかなかっただろう？　これを埋《う》め込むと強化もされるのだ。一石二鳥《いっせきにちょう》であろう？」

ロードの割に強いと思ったが、邪神に強化されたほどではなかった。その謎《なぞ》がようやくわかった。

真祖はそのメダルを口に入れて飲み込む。

「神の加護を解きたいならば、我の腹を割くしかあるまいよ」

厄介《やっかい》なこと、この上ない。

ただでさえ真祖は強いのだ。邪神の加護の中で戦い、倒すのは非常に面倒である。

「……よほど俺が怖かったとみえる」

「怖くはない。だが、猿の割に、お前はなかなかやるようであるからな」

「それはどうも」

「このようなロードを王都近くの村に何人も派遣し、お前が引っかかるのを待っていたのだ」

そう言って真祖は楽しそうに笑う。

「それはよかった。俺じゃない冒険者がやってきていたら、殺されていたところだ」

真祖を倒してから時間が経《た》っていない。ということはこの罠《わな》もしかけたばかりということ。

恐らく前から占拠していた村に、邪神の加護を埋め込んだロードを送り込んだのだ。

だから、さほど時間をかけずに罠を整えることができたのだろう。

「死ぬのが自分でよかったと思っているのか？　自己犠牲精神にあふれることだ」

「まさかまさか。死ぬのはお前だ。いや、お前はもう死んでいるのかもしれないが」

「ふん」

そんなことを真祖と話しながら、俺はみんなに念話で話しかける。

『アリオ、ジニー。頼む。ガルヴを連れて逃げてくれ』

「で、でも、傷が」

念話だと気づかないようで、ジニーは口に出して答える。

『静かに。俺にとっては本当にかすり傷だし、面倒だが倒せる相手だ』

『この前、倒した相手であるしな！　心配はいらないのである！』

ケーテが元気にそう言ってくれたおかげで、アリオとジニーは逃げてくれる気になったようだ。

アリオとジニーは無言で走り出す。ガルヴがその後ろをついていく。

ガルヴはアリオたちを守るつもりなのだ。とても賢くやさしい狼《おおかみ》だ。

「どこへ行くつもりだ？　猿ども」

そう言って、真祖はアリオたちに魔力弾を放とうとした。

「よそ見とは余裕じゃないか」

俺はその魔力弾を、自分の魔力弾で叩《たた》き落とす。

「……神の加護の中でそれだけ動けるとはたいしたものだ」

「この前俺たちに殺されたことを忘れたのか？　舐《な》めすぎだ」

そう言って、にやりと笑っておく。

真祖は気づいていないようだが、コアが真祖の体内に入った瞬間、邪神の加護の影響が弱くなった。

肉体自体が結界となり、その効力範囲を弱めているのかもしれない。

ロードとの戦いのさなか、影響を受けたのはゲルベルガさまだけだった。

そのぐらい肉体の結界は強力である可能性が高い。

「邪神の加護にも慣れてきたな。ケーテ。この死に損ないを倒すぞ」

「わかったのである！」

「ふん。大勢でやっと我を倒すことができたというに。たった二匹で何ができる！」

「お前を殺すことができる」

俺は魔神王の剣を抜いて構える。すると、真祖はにやりと笑った。

「何がおかしいのであるか！」

ケーテが叫ぶと、真祖は笑顔のまま答える。

「いやなに。ラック。ちゃんと剣を持ってきてくれたようだな。礼を言おう」

「……この剣で、俺の正体に気づいたのか？」

魔神王の剣は前回の戦いでも使っていた。ならばラックだと気づかれてもおかしくはない。

「あの時点ではもしやと思った。いや、まさかと思った。だから確かめるために罠を用意したのだ」

「それはそれは、わざわざどうも」

俺は魔力弾をぶっ放す。

真祖は一瞬、虚を突かれた表情をしたが防ぎきった。

そして、真祖は左手で顎《あご》を撫《な》でる。

「ふうむ。やはり英雄ラックと猿どもに言われているだけのことはあるな。ここで殺せるのは非常に好都合だ」

「死んでやるとは言ってないがな」

「……そのうえ魔神王の剣も手に入るとは」

どうやら魔神王の剣は真祖にとって重要なアイテムのようだ。

何かの術や儀式に使うのだろうか。

具体的にはわからないが、碌《ろく》でもないことなのは間違いあるまい。

「これはお前にはやらねーよ！」

俺は魔神王の剣で真祖に斬《き》りかかった。

真祖は余裕の表情でかわす。そこにケーテの魔法が襲いかかる。

それもかわした真祖に俺は魔法をさらに撃ち込んだ。

俺とケーテが連携して、魔法と剣、それに格闘術で攻撃をしかけ、それを真祖がかわしていく。

真祖からは攻撃をしかけてこない。楽しそうににやけながら、攻撃をかわすばかりだ。

『あいつ、舐めているのだ！』

『邪神の加護の影響で、俺たちの動きが鈍くなっているからな』

邪神の加護の影響は小さくなった。それでも力は抑えられている。

動きがわずかに鈍くなり、魔法の威力も発動スピードも遅くなっている。

そうなった俺たちは、真祖にとっては与《くみ》しやすい相手なのだろう。

『ロック、どうするのだ？』

『あいつは確かに一度死んだんだ。本調子ではないはず』

『ふむ』

『ケーテはこのまま攻撃を続けてくれ。何か考える』

『わかったのである！』

ケーテは真祖めがけて魔法攻撃と肉弾攻撃を繰り出していく。

邪神の加護のもとでも、風竜王の攻撃は苛烈《かれつ》だ。

だが、真祖には余裕があるように見える。

先日、真祖は確かに倒したはずだ。本調子のわけがないはずである。

能力をブーストする何かがあるに違いない。

邪神の加護のコアを体内に取り込んだことによる強化はたいしたことがないはずだ。

それは先ほど倒したロードの強化具合から推測できる。

「まあいい。二度と動けないほど叩き潰《つぶ》してやろう」

「やってみるがよい。猿が！」

俺は真祖に激しく魔法を撃ち込んでいく。そして接近して魔神王の剣を振るった。

そのとき、真祖はわずかにだが大きく飛んだ。まるで魔法より魔神王の剣の方を警戒しているように見えた。

「なるほどな」

「何が、なるほどだ！」

魔神王の剣の能力は、吸収である。吸収を警戒しているならば、俺に摑《つか》まれることも警戒するだろう。

前回、ドレインタッチで散々吸収してやったからだ。

そして、警戒してくれるなら、戦いやすくなる。

俺はドレインタッチと魔神王の剣で牽制《けんせい》しながら、魔法を撃ち込んでいく。

邪神の加護のせいで全力の魔法より威力は弱く発動も遅い。

だが、使い方次第では何とかなる。

ケーテの支援もあり、俺の魔法の何発かが真祖を捉《とら》えて左腕と右足を吹き飛ばす。

「やるではないか」

真祖はにやりと笑う。次の瞬間、左腕と右足は再生した。

「この程度の攻撃では我は殺せぬぞ！」

「嘘《うそ》をつくな！　不死身の存在などいるはずがないのである！」

ケーテの攻撃がますます激しくなった。だが、そのすべてを巧《たく》みにかわす。

『当たらないのである！　どうしたらいいのだ、ロック！』

『あと少しだ。もう少し粘《ねば》ればこっちの勝ちだ』

『よくわからないが、わかったのだ！』

もう少し。時間の問題なのだ。俺は粘るだけでいい。

しばらく戦い、俺はようやく気配を感じた。

『来たぞ！』

『何がであるか？』

ケーテの問いに、まるで答えるかのように、

「おおおらあああ！」

上空からゴランが降ってきた。

「ちぃいいいいい」

ゴランの魔法の剣が真祖の身体を肩から股《また》にかけて斬り裂いた。

同時に斬り口が燃え上がる。

「楽しそうなことしてるじゃねーか」

そう言ってゴランは真祖を追撃する。真祖はたまらず大きく飛んで距離を取る。

「待ってたぞ」

「ああ、待たせた。ロック」

そして巨大な竜の姿をしたモルスが降りてくる。モルスの背にはエリックが乗っていた。

「いきなり飛び降りるな。危ない」

「そうは言うがな。奇襲が成功したんだ。いいだろう」

そう言って、ゴランはにやりと笑った。

俺は新たにやってきた三人に言う。

「状況はわかっているな？」

「ああ。任せろ」

「まさか生きていたとはな」

実は邪神の加護の存在に気づいたとき。つまり、真祖が上空から降りてくる直前。

俺は通話の腕輪を起動していた。

そのため、エリック、ゴランたちには口に出して話したことはすべて伝わっているのだ。

邪神の加護の存在。真祖の出現。戦況の大体の推移。それらすべてをエリックたちは知っている。

つまり、エリックは邪神の加護の効果を弱める魔道具も持ってきてくれているということだ。

その魔道具はすでに発動ずみのようだ。身体が徐々《じょじょ》に楽になっていく。

「やっと来たか。猿たちの勇者」

「形勢逆転だな」

「それはどうかな？」

真祖の口ぶりからは余裕を感じる。だが、ゴランが斬り裂いた痕《あと》は再生していなかった。

「俺たちのことも調べたみてーだな」

「仮にも我に傷をつけた者たちゆえな。そうそう、お前らに言っておくべきことが――」

話し続ける真祖に、俺は魔力弾を撃ち込んだ。

そのまま直撃し胴体に大きな穴があく。

先ほど真祖が飲み込んだ邪神の加護のコアが内臓とともに地面に落ちた。

「せっかちだな。もう少しゆるりと話そうではないか。我がせっかく――」

俺は言葉を返さずに、魔神王の剣で真祖の首を斬り落とし、同時に胴体にあいた穴に手を突っ込む。

「消える前に魔力をよこせ。これから忙しくなりそうだからな」

そして俺は真祖の心臓に直接触れて、ドレインタッチを発動させる。

先ほど真祖の攻撃で肩の肉を抉られてしまった。

その傷を癒《い》やすためにも、ドレインタッチしておきたかったのだ。

真祖の胴体と、斬り離されて地面に落ちている頭が同時にしわくちゃになっていく。

それに伴《ともな》い、俺の肩の傷が治癒《ちゆ》していった。

だが、真祖の持つ魔力は思いのほか少なかった。失血を止めるので精一杯だ。

真祖は、まるで諦《あきら》めたかのように抵抗しない。地面に転がる頭がにやりと微笑んだ。

「……やはりわかったか？　猿どもに大賢者と言われるだけのことはある。だが、もう遅い。後悔せよ」

真祖は勝ち誇っている。魔力が少なかった。つまり、こいつは本体ではない。

昨日真祖を倒したときは、分身体にドレインタッチすることで本体から魔力を吸えた。

だが、今は吸えなかった。

つまりこいつは本体と魔力的につながってすらいないということだ。

そのことから、わかることがいくつかある。

「貴様。本体は……」

俺の問いに答えず、真祖は身体を霧に変えようとした。

「コケッコッコオオオオオオオオオオ！」

ゲルベルガさまの神々《こうごう》しい鳴き声が高らかに響く。同時に真祖は灰へと変わっていく。

「……やはり無理か。まあよい」

笑顔のまま真祖は消えていく。

「ゲルベルガさま、助かった」

「ここ」

「ロック、どういうことだ？」

「ああ、奴は何か話そうとしていたんじゃねーか？　話を聞いてからでも――」

「時間がない。話は後だ。急いで王都に戻るぞ。ケーテ頼む」

「わからないけど、わかったのである」

ケーテが竜形態に戻っていく。

俺は素早《すばや》くヴァンパイアどもの灰などの遺品を集める。

「ロック、怪我《けが》は大丈夫か？」

エリックが心配そうに尋ねてくる。

「ああ、真祖の攻撃で肩を抉られたが、ドレインタッチで癒やしておいた。完治ではないが動かせる。大丈夫だ」

そう言って俺は笑う。嘘は言っていない。

真祖から奪い取った魔力が少なすぎて、血を止めただけだ。

完治からはほど遠いし、今もとても痛い。

右肩の肉を抉られたせいで、筋肉を使って右腕を動かすのが難しい。

「……無理はするなよ」

ゴランが心配そうに言う。

エリックとゴランに、俺の怪我の状態を隠そうとしたのだが、どうやら完全にばれていたようだ。

二人には隠しごとはできなさそうだ。

「わかってる。無理はしないさ。だが、魔法は使えるから支障はないし、時間もない」

「ガウ！」

そのとき、戻ってきたガルヴが俺のすぐ近くで吠《ほ》えた。

「ガルヴも置いていかないさ。アリオとジニーは……」

戻ってきたアリオとジニーは、エリックに向かってひざまずいていた。

「こ、国王陛下。お会いできて嬉《うれ》しいです。いつもありがとうございます」

アリオの敬語は国王に対するものとしてはふさわしくない。

だが、農村出身で貴族との付き合いもないアリオにとっては精一杯なのだ。

エリックは式典などで国民の前に顔を出すことがある。

だからアリオとジニーも知っていたのだ。

「……面《おもて》を上げよ。非常事態ゆえな。事情は後でロックから聞くがよい」

「ははっ」

アリオもジニーも緊張しきっている。後で説明するのが大変だが、仕方がない。

「ヴァンパイアに遭遇《そうぐう》したことも、我とここで会ったことも当分は内密にしてほしい」

「は、はい、わかりました！」

「すまぬな」

エリックがアリオとジニーに対応している間に、俺はモルスに呼びかける。

「モルス。村の処理をした後、アリオとジニーを乗せて王都まで送ってくれないか？」

「かしこまりました。……村は眷属《けんぞく》三十体に魅了をかけられた者が七十人ですね」

モルスは素早く魔力探知をして内訳を正確に把握してみせた。

「そうだ。頼む」

「モルス。Aランクの冒険者パーティーを派遣ずみだからな。安心してくれ」

ゴランがそう言うと、モルスは力強く頷《うなず》いた。

「わかりました。到着次第、彼らに引き継ぎましょう」

俺はモルスに後を任せると、ケーテの背に乗って王都に向かう。

エリック、ゴラン、ガルヴ、ゲルベルガさまも一緒である。

ケーテの背に飛び乗った瞬間、俺の右肩がひどく痛んだ。

「ロック、どういうことだ？　王都に何がある？」

そう尋ねたエリックは少し心配そうだ。俺の怪我の状態を案じてくれているのだろう。

だが、非常時なので情報交換を優先してくれる。

「真祖は、いやあの真祖の影は陽動だ」

「詳しく聞かせてくれ」

「わかった。簡単に言うとだな、真祖の襲撃はエリックとゴランをおびき寄せるためのものだ」

真祖は攻撃をかわし続けた。あれは余裕を楽しんでいたわけではない。

なぜなら、真祖は最初の魔力弾とアリオたちに向けての攻撃以外、一切《いっさい》攻撃をしなかったからだ。

「なぜ攻撃をしなかったんだ？」

「魔力の節約だろう。邪神の加護のせいで魔力探知の精度が落ちていたからわからなかった」

元々真祖は魔法による隠蔽《いんぺい》が得意なのだ。加えて邪神の加護のせいで完全にだまされてしまった。

俺たちが戦っていた真祖はただの実体のある幻。

前回倒したときに何体も出してきた分身体の一つだ。

前回の戦いの反省を生かしたのか、距離がありすぎてつなげられなかったのか。

本体と影は魔力的にはつながっていなかった。

魔力吸収を警戒したのも、魔力を吸われたら簡単にやられてしまうからだろう。

「エリックが、邪神の加護を防ぐ魔道具を持ってきてくれたおかげでわかった。ありがとう」

「役に立ったならばよかったが……。なぜ陽動だと思う?」

「エリックたちが到着した途端、引き延ばしにかかったからな」

引き延ばしするためにどうでもいいことを話し始めたのだ。

「最初は俺自身を殺し、魔神王の剣を奪おうとしていた節があったが……」

途中から会話で引き延ばし、攻撃せずに時間稼ぎをし始めたように感じた。

恐らくエリック、ゴランが動き出したから時間稼ぎの作戦に移ったのだろう。

「ロック。ちょっと待ってくれ。俺やエリックが動き出したことが、どうして真祖にはわかるんだ?」

「忘れたのか、ゴラン。王宮には内通者がいる。そしてまだ見つかっていない」

俺がそう言うと、エリックもゴランも険《けわ》しい表情を浮かべた。

「ケーテ、急いでくれ」

ヴァンパイアに占拠された村は、王都から徒歩で約三時間の距離があった。

だがケーテが全力で飛べば十分ほどで到着できる。

「わかったのである！」

ケーテが加速を始めたとき、俺《おれ》の通話の腕輪に反応があった。

『ロックさん。聞こえるか？』

「何があった？」

腕輪から聞こえたのはフィリーの声だ。

狼《おおかみ》の獣人族の集落に出かける前、俺はフィリーとミルカに通話の腕輪を渡してあった。

緊急時の連絡用である。

『王都に異変だ』

そこまでは予測の通りだ。

「具体的には？」

『神の加護に穴があいた』

それは予測通りではない。そこまで悪い状況だとは思わなかった。

「位置と規模を教えてくれ」

俺がフィリーに尋ねると同時に、エリックが自分の通話の腕輪で各所に連絡を開始した。

国王直属の枢密院《すうみついん》や、狼の獣人族が多くいる国王直属警護兵に命じて警戒させるためだろう。

『加護の穴の位置は王宮直上。規模は王宮をまるごと覆《おお》ってまだ余るほどだ。ロックさんの屋敷も穴の中だ』

「そうか。それはでかいな」

俺の家まで穴の範囲内ということは、王宮と上位貴族の屋敷があるエリアには加護がないと考えるべきだろう。

横で聞いていたエリックが険《けわ》しい表情になる。

ゴランも通話の腕輪で連絡を開始した。冒険者ギルドに指示を出しているのだろう。

「王都は昏《くら》き者どもに襲撃されているのか？」

『それはわからない……』

「そうか。それならよかった」

わからないということは、フィリー、ミルカ、ニア、ルッチラは襲われていないということだ。

それだけわかればひとまずは充分。

「フィリー。屋敷には俺が魔法をかけている。屋敷に引きこもれば当分は大丈夫だろう」

『わかっている』

「神の加護の穴を塞《ふさ》ぐ方法は何かないか？」

フィリーは錬金術の天才。どの宮廷錬金術士よりも知識も技量も優れている。

神の加護のコアには賢者の石が使われている。

その賢者の石を錬成できるのもフィリーぐらいだ。

『……ロックさんは、難しいことを言うのだな。絶対にできぬとは言わぬが……』

「それでもいい。大急ぎで何か考えてくれ。フィリーができないなら他の誰《だれ》にも無理だろう。諦《あきら》める」

『わかった。微力を尽くそう』

「俺の徒弟《とてい》たち、ミルカ、ニア、ルッチラを頼む」

『ああ。そっちも微力を尽くそう』

フィリーとの通話を終えると、次に俺はシアの通話の腕輪につなげた。

シアは狼の獣人族の族長の一人。それゆえエリックから通話の腕輪を支給されているのだ。

そして、シアとセルリスはエリックの娘と遊ぶために王宮に行くと言っていた。

今、王宮にいる可能性が高いのだ。通話できれば王宮の現状がわかるかもしれない。

「シア！　聞こえるか？」

『――ザザザ、――ザ……』

応答がない。何か話しているのかもしれないが、雑音がひどすぎて聞き取れない。

「シア！　聞こえたら応答してくれ！」

『――ザ……ザザ……』

俺とシアとの通話がつながらないことがわかると、エリックが言う。

「やはり応答がないか？」

「やはり？　ということはそっちも？」

「ああ。王宮の直属警護兵や枢密院に連絡がつかん」

「それは王宮内だけか？」

「そうだ。王宮外の部署には連絡がついた。王宮外の部署から王宮へ応援に回しているところだ」

「ゴランはどうだ？」

「こっちは連絡がついている。精鋭を王宮に向かわせている」

「そういうことか。神の加護に穴をあけただけでなく、通信魔法を妨害する結界を張ったんだろう」

「そんなことができるのか？」

「普通に考えたら無理だと思うが、いや、ロックが言うならできるんだろうけどな……」

エリックとゴランも、疑っているわけではないが信じられないといった表情だ。

「そう簡単にできることじゃない。恐らくは例の内通者が長い時間をかけてしかけたんだろう」

フィリーを助け出したときから、王宮内部か近いところに内通者がいることはわかっていた。

枢密院が全力で調べてくれていたが、いまだに見つけ出すことはできていない。

「何ということだ」

エリックは聖剣の柄《つか》を強く握りしめていた。

「落ち着け。エリック」

とはいうものの、妻レフィや娘シャルロットとマリーが、王宮にいるのだ。

落ち着けと言うのが無理である。

「ああ、わかっている。俺は落ち着いているさ」

それでもエリックは、無理をしてにやりと笑ってみせた。

「もう少しで到着するのである！」

ケーテが叫ぶ。

全力で飛んでくれたおかげで、王都が見え始めた。

王宮の周辺には濃い霧が立ち込めていた。

「……何だあれは？　ただの霧ではなかろうが……」

「ロック、どういう状況かわかるか？」

エリックとゴランが俺の方を見る。

「調べてみよう」

俺は魔力探知《マジック・サーチ》と魔力探査《マジック・エクスプロレーション》を発動させる。

霧の正体と神の加護の状態、あるならば邪神《じゃしん》の加護の状態も把握しておきたい。

「……調べたが、わからない。魔法を妨害する何かなのは間違いないが」

邪神の加護の有無もわからなかった。

ただ、神の加護に大きな穴があいていることは確認できた。

「エリック。神の加護のコアはどこにあるんだ？」

神の加護のコアの位置については国家の最高機密である。

とはいえ、神の加護のコアに近ければ近いほど神の加護の影響は強くなる。

だから何となく俺にも位置はわかっている。

「王宮の奥深くだ。具体的には俺の居室の天井《てんじょう》にある」

「なるほど」

「それから何かわかるのか？」

「神の加護の中心と、加護の穴の中心のずれを観測している」

神の加護は完全に無効化されているわけではない。

王都の大半はいまだ神の加護の保護下にある。

王宮を中心に、神の加護に大穴をあけられているというのが現状だ。

「コア自体を無効化しているわけではなく、神の加護の影響を排除する何かがあるんだろう」

エリックたちに話しながら、俺は調べていく。

その間にもケーテは飛び続け、どんどん王宮との距離が近づいていった。

「見つけた！」

俺は丹念に計算し、加護に大穴をあけているその中心の位置を暴《あば》き出《だ》した。

「ロック、どこだ！　教えてくれ」

エリックは焦《あせ》りを隠しきれていない。

「一つは王宮の中心、もう一つはあの建物だ。何かわかるか？」

俺は穴を作り出している中心と思われる場所を指さした。

「……あれは厄介《やっかい》だな。道理で枢密院が手こずるわけだ」

エリックは苦虫《にがむし》を嚙《か》みつぶしたような表情を浮かべる。

「で、あれは何なんだ？」

「リンゲイン王国の大使館だよ」

「なるほど、そういうことか」

大使館はメンディリバル王国の内部にある外国だ。

国王直属の枢密院としても、不可侵の領域である。

何かを隠すにはうってつけだ。

「ロック。つまり大使館と王宮の二つに穴を発生させる何かがあるってことか？」

「そうなるな。ゴランの言う通りだ」

ゴランは俺たちに尋ねてくる。

「どっちから潰《つぶ》す？」

「……まずは王宮だ。政府機能を取り戻してからの方がいいだろう」

王宮には政府機能があるだけでない。

エリックの妻子とゴランの娘セルリスもいる。

先に大使館に向かっても、エリックとゴランが王宮のことが気になって集中できないかもしれない。

「了解。俺もそれがいいと思うぜ。エリックはどうだ？」

「賛成だ。ありがとう。ロック」

俺が家族に配慮したと思ったのか、エリックに礼を言われた。

「礼を言われるようなことじゃない。じゃあ、王宮に突入で決まりだな」

方針が決まったので、俺はケーテに呼びかける。

「このまま王宮上空に飛んでくれ。飛び降りる！」

「わかったのだ！」

ケーテはどんどん王宮上空へと近づいていく。

王宮周辺は深くて濃い霧に包まれていて、まるで白い丘に見えるほどだ。

王都にあるもっとも高い建物、五階建ての物見の塔の倍の高さまで白い霧で覆われている。

「魔法を使っても中がまったくわからない。警戒していくぞ」

「わかってる」

「ロック、落下制御の魔法は全部任せたぞ」

「ああ、任せておけ」

打ち合わせをしている間もケーテは王宮上空に迫る。

巨大な竜が飛来したら大騒ぎになってしまうが、そんなことを気にしていられる状況ではない。

「俺たちが飛び降りた後、ケーテは――」

――GAAAAAAAA!!

ケーテが王宮直上に、まさに到着しようとしたそのとき、さらに上空から竜の咆吼《ほうこう》が聞こえた。

飛び降りようとしていた俺たちの動きが止まる。

「な、何であるか？」

見上げると、遙《はる》か上空、雲と同じ高さに十頭の昏竜《イビルドラゴン》が旋回《せんかい》していた。

――GAAA、GAAAAA、GAA！

ケーテの接近に気がついたのか、昏竜は互いに咆哮《ほうこう》し、何かを話しあっているようにも見える。

神の加護のない状態で昏竜十頭に襲われたら、王都はただではすまないだろう。

昏竜の攻撃を防ぎ、王都上空から追い出さねばならない。

「ケーテだけで十頭相手にするのはきついだろう。俺とケーテで昏竜の相手を――」

「いや、ロックは地上戦に必要なのだ。我だけでやれるのである！」

「無茶を言うな」

風竜王であるケーテでも昏竜十頭を相手にするのは難しい。

「魔法を使えないエリックもゴランも、我の背から飛び降りれないのだ！」

「飛び降りる前に俺が魔法をかけるから大丈夫だ」

「ああ、それでいこう」

そう言ってゴランは飛び降りる準備に入る。

――GAAAAAAAAAAAAAAAAA！

そのとき、ひときわ大きな咆哮が響き渡った。その咆哮は下から聞こえた。

「ドルゴさんとモーリスさんか！　ありがたい」

エリックが嬉《うれ》しそうに言う。

下から急上昇してくるのはケーテの父、前風竜王のドルゴと、水竜の侍従長《じじゅうちょう》モーリスだ。

エリックやゴランとドルゴやモーリスの通話の腕輪は互いにつながっている。

俺がエリックたちに状況を知らせるために流した会話はドルゴたちにも流れていた。

俺の屋敷に配備されている転移魔法陣を通って、大急ぎで駆けつけてくれたのだ。

「お待たせしました。状況は把握しております。上空のあやつらは我らにお任せください」

ドルゴが力強く言ってくれる。

「ありがとうございます。すみませんがお願いします。俺たちは地上に向かいます」

「はい。ご武運を」

「ケーテも頼んだ」

「任せるのだ！」

そして俺はゲルベルガさまとガルヴを抱えて、エリック、ゴランと一緒にケーテの背から跳躍《ちょうやく》した。

真祖《しんそ》にやられた肩がひどく痛むが気にしている場合ではない。

目指すは、王宮を包む深い霧の中だ。


一方、俺たちが降りると同時にケーテは風を切って急上昇する。

俺たちを乗せての移動は、本当のケーテの全力移動ではなかったようだ。

音の壁を超えて加速し上昇していき、そのまま昏竜の一頭に体をぶつける。

――KYUAAAAA

ケーテに体当たりされた昏竜の鱗《うろこ》と肉がはじける。骨も砕《くだ》け羽が破《やぶ》れ、悲鳴を上げながら落下していく。

俺たちは魔法で速度を緩《ゆる》めて落下しながら、その様子を見ていた。

「ケーテすごいな。さすが風竜王」

そのままケーテは上昇し、九頭の昏竜の頭上に位置取って、戦いを開始する。

同時にドルゴとモーリスは下から昏竜に攻撃を始めた。

昏竜たちは、ケーテたちに任せておけばいいだろう。

「高さを利用しての挟撃か。打ち合わせもせずに見事なもんだなぁ」

ゴランが感心するのもわかるというものだ。竜たちの動きは素晴らしい。

水竜集落の防衛で連携力が培《つちか》われたのかもしれない。

俺とゴランが見とれていると、エリックが叫ぶ。

「おい、ゴラン。よそ見をするな！　ロックもだぞ！」

「すまねえ、すまねえ」

「気をつける」

そして俺たちは濃い霧の中へと突入した。

霧の中に入ると、視界が真っ白になる。自分の手のひらすら見えないほどだ。

「一寸先も闇《やみ》、いや一寸先も霧か。まったく見えねえな！　目をつぶっていてもかわりねえ！」

「すぐに地面だ。衝撃に備えろ」

そう言った直後に地面に着く。音から判断するにエリックとゴランは地面を転がったようだ。目で地面を見ることができないので、綺麗《きれい》に着地するのが難しかったのだろう。

『怪我《けが》はないか？』

俺は念話で話しかける。霧のせいで目が見えない。魔力探知も魔力探査もすぐ近くしか調べられない。

だから敵がどこにいるかわからないのだ。

『大丈夫だ。だが……この状況は……』

『この霧は何だ？　ロック、霧の正体が何かわからねえか？』

『中に入って直接触れても判然としないな。外から見て推測していたよりも強い魔力を帯びているのは間違いないが……』

『邪神の加護の影響もなさそうなのが救いか。ロック、敵の狙《ねら》いを推測できないか？』

エリックに尋ねられて俺は考える。

『霧は何かを隠したいんだろうと思うが……』

『何を隠そうとしているかはわからないか？』

『残念ながらな。どちらにしろよくないことをしているのだろうし、時間もないと考えた方がいいだろう』

『そりゃそうだ。エリック。ロック。レフィたちがいる方向がわかるか？　そっちに向かおうぜ』

そう言ったゴランも王宮には何度も来ている。

だが、視界がほとんど塞がれているので、どこがどこかわからないのだ。

『霧のせいで、魔法を使った探索ができないんだ。俺よりエリックの方が役立つだろうさ』

『そう言われてもな。俺としても、よくわからんのだ。だが恐らくはこっちだろう』

エリックは王宮に住んでいるとはいえ王宮は広大だ。

勘を頼りにエリックは走り始める。

『この霧は一体全体どうなってんだ？　気配も探れねーし』

『そもそも、この霧の中で呼吸していいのか？　敵の用意した魔力を体内に取り込むことになるだろう？』

この霧は呪《のろ》いの類いでも、毒の類いでもないと俺は考えている。

だが、正直、心地よいものではない。霧を用意したのは昏き者どもなのだ。

この霧が、よいものであるはずがない。

『体内に昏き者どもの魔力を取り込むとしてもだ。息をしないわけにはいかねーしな』

エリックとゴランの会話を聞いて、俺はふと思いついた。

『ふむ。試してみるか』

『何を試すかわからぬが、試せることがあるなら、何でも試してみればよい』

エリックに言われて、俺はドレインタッチを右手で発動する。対象は霧そのものだ。

ドレインタッチの発動と同時に、音もなく霧が俺の右手に吸収された。

周囲の霧が晴れていく。

だが、霧が晴れるのは、成人男性の身長二倍程度の半径の球範囲だけ。

俺が吸う分、またどんどん霧が発生しているようだった。

『ある意味では好都合だ』

霧の魔力の濃度は薄い。だが大量だ。どんどん吸うことで、俺の右肩の傷が癒《い》えていった。

『おお、さすがロック。ドレインタッチで吸えるとはな。よく気づいた』

『魔力を含んでいるから吸えるとは思っていたんだ。おかげで右肩の傷も癒えた』

『それはよかった』

手近な範囲の霧が晴れたので、エリックとゴランの表情が見えた。

俺の傷が癒えたと聞いて、心底ほっとしているようだった。

『それとだな。ドレインタッチで確認できたことがある』

『何を確認したってんだ？』

ゴランが前のめり気味で尋ねてくる。

『まあ、落ち着け。ゲルベルガさま。鳴けるか？　鳴けるなら頼む』

「コゥォ、コォゥコケッココココオオオオオォォォォォ！」

俺の懐《ふところ》から顔だけ出したゲルベルガさまが、高らかに鳴く。

ゲルベルガさまの神々《こうごう》しい声は、地上から天空に向けて霧を切り裂いていった。

その直後、声の音波が地表を撫《な》でるかのようにして、霧をかき消していく。

『お、おお、すげーな、おい。助かったぜ』

『ゲルベルガさま。感謝を』

「ここ」

ゲルベルガさまは、どや顔でゴランとエリックの感謝を受ける。

ガルヴもゲルベルガさまを尊敬のまなざしで見つめていた。

お礼を述べた後、理由を知りたそうにエリックとゴランがこちらを見ていた。

だから俺は、レフィたちがいるであろう場所に向かって走りながら説明する。

『ドレインタッチしてわかったんだ。これはヴァンパイアの霧だ』

『そりゃ、この状況なんだ。ヴァンパイアどもが用意した霧だろうよ』

『そういうことじゃない。霧自体がヴァンパイアなんだ』

『奴《やつ》らが逃げ出すときに霧やコウモリに姿を変えるが、まさかその霧か?』

そう言ってエリックは顔をしかめた。

『その霧だ。専門的な話をすれば、魔力組成をいじってはいるが、まあほぼ同じと考えていい』

『って、そんなもんを吸ってしまった俺たちは大丈夫なのか?　操《あやつ》られたりとかしねーか?』

『まあ、多分大丈夫だ。絶対ではないがな』

霧は情報を隠すことと魔法妨害に特化していた。

さらに吸った者を操るなどの機能を加えるのは難度が高すぎる。

『それなら安心だな!』

『安心とかそういう問題じゃない。ヴァンパイアの霧を吸うぐらいなら、狼の糞《ふん》を粉末にして肺一杯吸い込む方がまだましだ』

「がう？」

突如出てきた狼と言う言葉に、俺の後ろをぴったりくっついてきていたガルヴが反応した。

『糞の粉末なんて吸ったら病気になるぞ。まあ、それぐらいヴァンパイアの霧を吸い込むことが不快だという気持ちはわかる』

『そういうことだ』

そんなことを話しながら、俺たちは王宮の奥、エリックの家族のいる方向に向かって走る。

その間、エリックとゴランは通話の腕輪を使って各所に連絡を取ろうとしたが、不通のことが多かった。

ゲルベルガさまの神々しい鳴き声も、広い王宮すべてから霧を払うことはできなかったのだ。

それでも、いくつかの部署には連絡がついて指示を出すことができたようだ。

「シア、聞こえるか」

『ザ……ザザ……』

シアたちにもまだ連絡がつかない。今も霧の中にいるのだろう。

しばらく走ると、再び霧がたちこめ始める。

『また、霧か。厄介なことだ』

『ゲルベルガさま、また頼む』

「コゥ……コケッコオオコココオオオオオオ」

ゲルベルガさまの神々しい鳴き声の聞こえる範囲すべての霧が晴れていく。

『ありがとう、ゲルベルガさま』

「ここ」

『ロック。奴らは霧をどんどん作っている、と考えていいのか？』

『いや、さっきは、ほぼ同じとは言ったが通常の変化とは異なる。霧化させてからその状態にとどめおくためには特別な術式が……』

『詳しい話は聞いてもわからねーから、後で聞かせてくれ』

『あ、ああ。そうだな』

ゴランの言う通り、今は魔法の術式や構造・理論より、実際のところ俺たちにどう影響するのかが大切だ。

『簡単に言うと、この場で霧に変化していっているのではなく、すでに霧状態のヴァンパイアを準備しておいて、タイミングを見計らってばらまいている奴らがいるんだろう』

『そいつらを倒せば、もう霧は出てこないってことだな』

『そうなる。そいつらを魔法で探しているんだが、まだ王宮には霧が多くて見つけられていない』

『厄介な話だ』

エリックが嘆息《たんそく》すると、ゴランが言った。

『霧になれるのはアークヴァンパイア以上だろう？　その身体《からだ》を使った霧で王宮を埋め尽くすとか……。信じられんことをしやがるな』

『ゴランに同感だ。俺も信じがたい。数百匹を超えているのではないか？　ロックはどう思う？』

『数百どころじゃないだろう』

少なくとも数千。もしかしたら万のアークヴァンパイアを使って霧を作ったのだろう。

それができるのはヴァンパイアどもが「あの方」と呼ぶ真祖ぐらいだ。

先ほど俺たちが対峙《たいじ》した分身体。その本体が王宮に潜《ひそ》んでいるに違いない。

『いつから準備してたんだろうな』

俺はぽつりと呟《つぶや》いた。

昨日真祖を倒したばかり。

そして今敵が実行している計画は、昨日今日で準備がすむはずがない。

『真祖を殺したことで、計画を前倒しで実行し始めたのかもしれぬな』

『エリックの予想が当たっている気がするぞ』

『もしそうなら、幸いだ。計画の前倒しは準備不足につながるからな』

『さすがはロック。前向きだ』

『とにかく、見つけ出してぶん殴ってから考えようぜ』

ゴランが笑顔でそう言った。

『確かにゴランの言う通りだな』

『だろ？』

その後、俺たちは何度かゲルベルガさまに鳴いてもらいながら、王宮の最奥に向けて走った。

そして、国王の居住スペース。つまりレフィやマリーなどがいるはずのエリアが見えてきた。

『霧が薄いな。視界が通るぞ』

エリックが怪訝《けげん》な表情で言う。

ゲルベルガさまが最後に鳴いた場所と効果範囲から考えるに、鳴き声のおかげでなぎ払われたわけではなさそうだ。

それに薄いだけであって、霧は漂っているのだ。

『ゲルベルガさま、また頼む』

「こぅうぅう、コォォォゥゥゥケッコッコオオオオォォォォォォ！」

ゲルベルガさまの鳴き声は相変わらず神々しい。

薄く漂っていた霧が、周囲を覆い尽くしていた邪気ごと払われていった。

『ザ……ザザ…………、ロックさん！　聞こえるでありますか！』

通話の腕輪からシアの声が聞こえた。

「ああ、聞こえる」

『昏き者どもが――』

会話の途中で、俺はエリックたちがよく過ごしている部屋の扉を開ける。

そこには剣を構えるシアとセルリスがいた。

その後ろには王妃レフィと王女シャルロットとマリーがいる。

そして部屋の中にはヴァンパイアどもが十匹いた。

「『ろ、ロックさん、どうしてここに？』」

通話の腕輪からと直接の肉声が、ほぼ同時に聞こえる。

「説明は長くなるから後だ。こいつらを殺してから考えよう」

「お父さま！」「ぱぱ！」

シャルロットとマリーはエリックを見て、嬉しそうだ。危機はまだ去っていないが安心したようである。

「待たせてすまなかった。シャルロット、マリー。目をつぶってなさい」

「はい！　お父さま」「わかった！」

二人の王女は、素直《すなお》に目をつぶる。

これから起こる凄惨《せいさん》な場面を見せないようにしたいのだろう。

「あなた、遅かったわね」

「これでも急いだんだよ」

「そう、なら許してあげる」

レフィは額に汗を流し、子供たちをかばうように杖《つえ》を構えている。

レフィの足元を中心に、シア、セルリス、王女たちを守るように魔法陣が刻まれていた。

魔法陣の効果は守護結界だ。

レフィはシャルロットを身ごもるまで、俺とエリック、ゴランと同じパーティーの一員だった。

超一流の回復術士にして、聖なる力の使い手だ。そのレフィの作った結界なら効力は絶大。

このあたりの霧が薄かったのは、レフィの結界の効力だろう。

「セルリス。よく粘った」

ゴランは笑顔でそう言うと、セルリスとシアの足元に目をやる。

生きている十匹のヴァンパイアの他に、死んだヴァンパイアが残す灰の小山が一ほどあった。

十匹はセルリスとシアが倒したのだろう。

二十匹に襲われて、そのうちの十匹を倒すとは、二人の成長は著《いちじる》しい。

「時間稼ぎしただけよ！」

レフィが魔法陣を刻んで結界を張るまでの間、セルリスとシアがヴァンパイアを相手にしたのだ。

「二十匹のコウモリ相手に、時間を稼げるのは素晴らしいことだ。後は任せろ」

そう言いながら、俺は残った十匹のヴァンパイアの首を、魔神王の剣で順に刎《は》ねていく。

エリックとゴランもそれぞれヴァンパイアを狩っていった。ガルヴも勢いよく飛びかかる。

十匹のヴァンパイアはロードである。ロード十匹など、俺たちの相手にはならない。

あっというまに狩りつくした。

霧やコウモリになって逃げようとしたが、ゲルベルガさまが鳴いてすべて灰にする。

部屋を安全にしてから、俺は念話を使ってみんなに言う。

『レフィ、王女たちを連れて俺の屋敷に逃げるといい』

『そうでありますね。それがいいかもしれないでありますす』

『何を言うの？　私は戦うわよ？』

『王女たちを安全な場所に逃がしたいというだけでない。フィリーたちの護衛が欲しい』

『ああ、ロックの言う通りだ。今、フィリーが神の加護の穴を何とかする方法を考えてくれている』

『レフィがフィリーと一緒にいてくれた方が安心なんだ』

『そういうことならば、わかったわ。協力できることもあるかもしれないし。ロックの屋敷に向かうわね』

『あたしたちも、ロックさんの屋敷に行った方がいいでありますかね』

『私は――』

前のめり気味にセルリスが何かを言いかけた。私もここで戦いたいと言いたいのだろう。

そんなセルリスにゴランが言った。

『セルリス』

『なに、パパ』

『人手が足りない。ついてこい』

『！　わかったわ！』

『指示には従え。無理はするな』

『はい！』

セルリスは嬉しそうに張り切っていた。

セルリスとシアは子供をかばいつつ、ヴァンパイアロード二十匹を同時に相手にして十匹を倒した。

それは単に十匹だけで攻めてきたヴァンパイアを全滅させるよりもずっと難しい。

そんな強力な戦力を遊ばせる余裕はない。

そうゴランは判断したのだ。ギルドマスターらしい的確な判断だ。

そして俺はシアに言う。

『シアも来てくれ』

『わかったであります！』

レフィと王女たちを秘密通路の入り口まで送った後、俺は魔法で周囲を探索する。

そうしながら、俺はフィリーに通話の腕輪を使って話しかけた。

「フィリー。聞こえるか？」

『……聞こえる』

通話が通じているということは、霧に覆われていないということ。

まだ俺の屋敷は安全だ。

「そちらに味方を送った」

声に出しているので、具体的な内容は伏せて会話をする。

フィリーは天才なので、具体的なことは言いたくないという俺の意図を察してくれるだろう。

『わかった』
「状況はどうだ？」
『難しい』
「そうか。引き続き頼む」
『ああ』
そこで通話を終える。
その間に俺は王宮の魔法での探索を終えていた。
とはいえ、霧の中は探索できない。わかったのは霧の外の状況と霧の位置だけ。
だが、それがわかれば、色々と推測できる。
『こっちだ。ついて来てくれ』
俺が走るとみんながついてくる。
『ロック。こっちに何があるんだ？』
『ゲルベルガさまが霧を払ってくれたのに、またすぐに霧が発生した箇所だ』
ゲルベルガさまの鳴き声の効果範囲はかなり広い。
だから、霧が払われた場所すべてを丹念《たんねん》に調べられたわけではないのだ。
それに敵も見られたくないものには厳重に隠蔽《いんぺい》の魔法をかけているはずだ。
何か重要なものがあったとしても、見落とす可能性は充分ある。
『なるほど、どうしても隠したいものがあるということだな』

『恐らくな』

しばらく走ると、その場所が見えてきた。

王宮の一角。一般の屋敷でいうところの、中庭に相当する場所だ。

中庭といってもガルヴが思いっきり走れるぐらいは広い。

先ほど霧を払ったばかりだというのに、すでに分厚い霧に覆われていた。

「こ？」

『頼む』

「コゥォオケコッォォォォオオオオコオオオオオ」

ゲルベルガさまの鳴き声で、一気に霧が払われる。

『何もないのか？』

払われた後には何もないように見えた。軽く魔法で探索しても特に引っかからない。

だから、俺は念入りに魔力探知と魔力探査をかけていき、ようやく気配を摑《つか》む。

「またお前か。さっさと死んどけよ」

同時に、俺は魔法の槍《マジックランス》を作り出して、その気配の主に撃ち込む。

その魔力の槍が届く前に、俺たちに向けて暗黒光線《ダーク・レイ》が撃ち込まれた。

暗黒光線は、以前邪神の頭部が使っていた魔法である。

食らうわけにはいかないので、障壁を張って完全に防ぐ。

「それはこちらの台詞《せりふ》だ。猿の英雄」

隠れていたのは真祖である。魔力の質から考えて本体だろう。

昨日殺した真祖に非常に近い。少しだけ弱いだけだ。

そして、真祖の足元には、複雑な魔法陣が刻まれている。

俺は魔神王の剣を抜いて、真祖に襲いかかった。

エリックとゴランも同様だ。何も言葉を交《か》わさなくても俺たちは連携をとれる。

俺たち三人の斬撃《ざんげき》を、真祖はかわし障壁で防ぐ。攻撃はしてこない。

何かを企《たくら》んでいるのは間違いなさそうだ。

「どうした？　いつものように話しかけなくていいのか？　何か我から情報をとれるかもしれぬぞ？」

「お前が肝心のことを話すことはあるまい？」

「それはそうだ。猿の割に賢いではないか。ラックよ」

真祖は俺たちの猛攻を凌《しの》ぎながら、楽しそうに笑う。

水面下で進めている計画が順調だと言いたいのだろうか。

「どうせ、お前らのことだ。邪神を顕現《けんげん》させようと企んでいるんだろう？」

昏き者どもは以前から邪神をこの世界に顕現させようとしていた。

「そうだな。だが、それは隠してはおらぬぞ？　そんな当然のことを偉そうに言うなど、賢者と言われていても所詮《しょせん》は猿か？」

真祖が馬鹿《ばか》にした目を向けてくる。

「俺たちを王宮から引き離し、神の加護に穴をあけ、霧で王宮を覆った」

「そうだな。それがどうしたんだ？」

そう言うと、真祖は右手を振るう。

すると周囲からヴァンパイアロードがわいてきた。その数十五匹。

「私たちに任せておいて」

「このぐらいなら、何とかなるでありますよ！」

「ガウ！」

セルリス、シア、ガルヴがロードに襲いかかる。

見事な連携で、ロードを一匹ずつ屠《ほふ》っていく。

俺は真祖に剣で斬《き》りかかりながら、ロードにも魔法を飛ばす。

「お前らの計画の鍵《かぎ》は霧だろう？」

神の加護に穴をあけたのは、霧を使うためだ。

霧の正体であるアークヴァンパイアは神の加護のもとでは活動できないのだ。

ここまでの敵の作戦は、霧を中心に立てられているように俺には見えた。

「的外れだな。やはり猿か」

真祖は楽しそうに笑う。

「アーク何匹を霧に変えた？　これだけアークを失えば今後の作戦に支障が出るだろう？」

「猿風情《ふぜい》に心配してもらう必要はない」

「これは最後の作戦だ。この霧の中、最終目的を達成しようとしているな？」

「だから、我らはずっと神を顕現させようとしている。先ほども言ったが隠してなどおらぬぞ？」

真祖の表情には、まだ余裕があふれている。

「それに、猿には我らがどうやって達成しようかわかるまいよ」

「お前こそ余裕ぶっていていいのか？　お前はここで死ぬというのに」

「我は死など恐れはしない。神さえ顕現すれば、我の生死など些事《さじ》である」

アークヴァンパイアを大量に犠牲にしただけでなく、自分すら犠牲にするつもりなのだろうか。

（邪神の顕現。問題はその手段だが……）

俺は戦いながら考える。

霧に隠れて真祖が準備していた魔法陣が重要なのは間違いない。

一見、転移魔法陣に少し似ていた。だが、まったくの別物だ。

俺は昨日、マルグリットの屋敷から王都に転移する魔法陣を描いたばかり。

だからはっきりと別物だと断言できた。

とはいえ、魔法陣についてきちんと解析できたわけではない。

あまりに複雑すぎて、解析しようと思うなら腰を据《す》えて時間を費やさなければならないだろう。

「王都の民を捧《ささ》げて、邪神を顕現させるといったところか？」

魔法陣の解析はできなくとも、邪神の顕現のために敵がとれる手段は限られる。

「そのために邪魔な神の加護を破壊し、昏き者どもを総動員して王都の民を皆殺しにでもする予定か？」

「……ふん！」

真祖は鼻で笑う。だが、目の奥に一瞬焦りが見えたようだった。

真祖に向かって鋭い斬撃を振るっていたエリックが言う。

「もう会話はよいか？　ロック」

「ああ、いいぞ。真祖を殺せば、計画の進行もうまくいかなくなるだろう」

俺がそう言った瞬間、エリックとゴランの動きが目に見えて変わる。

斬撃も身体の動きも、格段に速くなった。

俺はそれに気づいて一歩後ろに下がる。魔力の流れの詳細を把握するためだ。

「うがあああ！」

エリックの聖剣とゴランの魔法の剣で斬り刻まれて、真祖は悲鳴を上げた。

だが血は一滴も出ていない。

慌てた様子のヴァンパイアロードが真祖を助けようと近づこうとする。

「そうはさせないわ！」

「よそ見とは余裕でありますね！」

ロードの意識が真祖に向いた隙《すき》をセルリスとシアは見逃さない。

立て続けに二匹を斬り刻む。

ガルヴも果敢にロードに噛みつき攻撃する。

「ガゥウガゥウウウガウ！」

ガルヴの牙《きば》はヴァンパイアに特効がある。

ロードは大きな傷を負って、動きが止まる。そこをシアが首を刎ねた。

「ガルヴやるでありますね！」

「ガウ！」

「コケッコッコオオオオ！」

定期的にゲルベルガさまも鳴く。

ゲルベルガさまは、俺の懐から顔だけ出して、シアたちとロードの攻撃を観察し続けていた。

そして、ロードが変化しようとしかける兆候を見逃さず鳴いて、灰に変えていく。

ロードたちは霧やコウモリになって逃亡を図ろうとしているだけではない。

最初の二十匹だけでなく、コウモリの状態で真祖の救援に駆けつけようと外から駆けつけたロードもいた。

それらがすべて、一鳴きで灰になる。

「さすがゲルベルガさま。心強い」

「ここ」

ゲルベルガさまのおかげで、真祖を助けようとしたロードたちは目的を達せず灰になっていった。

敵の変化能力がもたらす機動力を、ゲルベルガさまだけで完全に殺していた。

加えて真祖が呼び寄せたのか、霧が周囲から押し寄せてきていたが、それもすべて消滅させている。

真祖の立てた作戦の大半を封じている。

「鶏《にわとり》風情が！　我らの高尚な作戦を邪魔しおって」

真祖が吐き捨てるように叫ぶ。

「鶏じゃない。神鶏《しんけい》さまだ」

ゲルベルガさまだけではなく、シアもセルリスもガルヴも連携が見事で非常に心強い。

ロードが真祖に加勢するのを完全に防いでいる。

おかげでエリックとゴランは真祖に集中できていた。

「コウモリ野郎。昨日より大分弱くなってねーか？」

「どのようなカラクリがあるのかは知らぬが、不死身の存在などいるわけがあるまいよ」

エリックの言う通り、昨日死んだはずの真祖がこの場に現れたのは何かしかけがあるのだ。

昨日、真祖は霧に変化しようとしたが、俺がドレインタッチと魔神王の剣で魔素を吸い尽くして殺した。

確かに殺したのだ。手応えがあった。勘違いだとは思いにくい。

無傷の状態で復活できるはずがない。

そして大量のアークを使い捨てにして実行に移した今回の作戦。真祖は明らかに焦っている。

「お前。もう死んでいるんだろう？」

俺は真祖に語りかけた。

すでに真祖の身体はエリックとゴランによって、数十のかけらにバラバラにされている。

真祖の頭は床を転がり、俺の方へと転がってきた。

しゃがみこんで俺は、真祖の頭を手に取る。

「俺の得意な魔法に傀儡人形《マリオネット》というものがあるんだが、今のお前はそれに近いんじゃないか？」

真祖は頭だけで俺を睨《にら》む。

その後ろでは真祖の身体が再び元通りに組み上がっていく。

「だが、それがわかったところでお前らに対策があるのか？」

頭だけの真祖がにやりと笑う。

「昨日倒したお前によく似ている。よくぞここまで精巧な人形を用意したものだ」

真祖は少しだけ弱いだけで、まるで本物だった。

「人形ならば外からの魔力供給を絶てばいい」

真祖の身体は魔法で無理矢理操っている状態だ。

身体を斬り刻もうが、魔法が切れるまで何度でも動き出すだろう。

俺は真祖の頭にドレインタッチを発動させる。

「間抜けめ！　我がその技への対策をしていないとでも――」

真祖が勝ち誇る中、俺は魔法陣を魔神王の剣で切り裂いた。

すると真祖の身体がバラバラになって地面に転がる。

「だから、お前は舐《な》めすぎなんだ」

ドレインタッチは強制的に魔力を吸い取る魔法。

身体の一部にかければ、魔法的につながっている他の部位の方の魔力も吸い取ることができる。

それを利用して昨日は倒した。だが、今日の真祖の状況は昨日とは違う。

真祖はすでに死んでいるのだ。その身体を動かしているのは外部の魔法機構。

俺はドレインタッチを、魔力の流れを把握して外部魔法機構の位置をあぶり出すために使ったのだ。

魔力は真祖のいる位置の地下。魔法陣の下層の方から流れ込んできていた。

ゆえに、魔神王の剣で魔法陣を斬り裂くことで、魔力の流れをぶった斬ったのだ。

「詳しいことは後でしっかり調べねばなるまいが、壊すだけならできる」

魔法陣の仕組みを解析するには時間がかかる。

だが魔力を真祖に流している部分がわかれば壊すことはできるのだ。

「色々とごまかすために手を尽くしていたようだが、魔力の波長と構造を把握すれば何ということはない」

「化け物が……」

真祖はそう呟くと、みるみるうちに顔が土気色《つちけいろ》になっていく。そして干からびて完全に動かなくなった。

バラバラになった身体の方もピクリとも動かない。

真祖の身体を動かしていた魔力は完全に消失した。

「まさに化け物そのものの、お前が言うな」

俺とエリックは真祖の動かなくなった身体を調べる。

真祖はすでに死んでいるので、灰になったわけではない。

俺が先ほど壊した魔法機構とは別の魔法機構につながれば、再び動き出すのかもしれない。

慎重な調査が必要だ。

「その前に……」

俺は空を見上げる。

遙《はる》か彼方《かなた》。晴れた空に浮かぶ巻雲のさらに上で竜たちが激しい戦いを繰り広げていた。

風竜王ケーテ、風竜の先王ドルゴ、水竜の侍従長モーリスが十五頭の昏竜を相手にしている。

「……昏竜が、増えてないか？」

俺は思わず呟いた。戦闘開始当初、昏竜は十頭だった。

恐らく、ケーテたちのことだ。すでに何頭も倒しているはずだ。

倒しても倒しても敵の増援が押し寄せているのだろう。

「ケーテ、大丈夫か？」

俺は通話の腕輪で話しかける。

『大丈夫である！　もうみんなで十五頭を殺したのだ！』

ということは王都上空にやってきた昏竜は計三十頭ということ。

「手助けが必要なら言ってくれ。こっちは真祖を倒した」

『わかったのだ！　まずくなったら遠慮なく頼むのである』

それで通話が終わる。ケーテたちもあまり余裕がないのだろう。

話を聞いていたエリックが言う。

「三十頭か。総力戦をしかけてきているな」

「ああ。総力戦なら勝てば平和になるだろうさ」

「だといいがな」

一方、ゴランは、セルリスたちの方へと歩いていった。

俺たちが真祖を倒したときには、セルリスたちもロードを全部倒している。

「見事だ。やるじゃねーか」

死骸《しがい》である灰を確認しゴランはシアとセルリスとガルヴを褒《ほ》めた。

「あ、ありがとう」

セルリスが頬《ほお》を赤らめて照れる。

「光栄であります」「がう」

「驕《おご》るのはまずいが、自信は持っていい」

そう言って、ゴランは微笑《ほほえ》む。

ゴランは戦いが終わったと油断しているわけではない。

褒めながら周囲を観察し、灰となったヴァンパイアの死骸を調べているのだ。

シアも速《すみ》やかにロードの死骸の観察に移る。

「禍々《まがまが》しいメダルでありますね。これまで倒したロードのものより呪いのたまり方が尋常《じんじょう》ではないであります」

「それが三十枚もあるのね」

最初の二十匹に加えて、駆けつけようとしてゲルベルガさまに灰にされたのが十匹。

それで三十匹のロードを殺したのだ。

『ロック。王宮に残った霧はどのくらいある？』

エリックは念話で話しかけてくる。どこで誰が聞いているかわからない。

それを警戒して、念話に切り替えたのだろう。

『まだ、四カ所ほど残っているな』

『増えたりはしていないか？』

『それは大丈夫だ。真祖を倒したから終わったんだろう』

俺は少し今後のことを考える。

そして、真祖の足元に刻まれていた魔法陣に魔神王の剣で改めて斬りつけた。

床が深く傷つき、同時に魔法陣にも大きな傷が入る。

『ロック、これで魔法陣は壊れたと考えていいのか？』

『恐らくな。複雑で繊細な魔法陣ほど、わずかな傷が致命傷になるからな』

するとゴランが言う。

『魔法陣には魔力が流れてはいないんだよな？』

『流れていない。だが、魔素が濃密すぎて探索の精度を高くできないんだ』

俺は真祖につながる魔法機構の位置も魔力探知や魔力探査では見つけられなかった。

だから仕方なく、ドレインタッチで暴いたのだ。

この場は魔素が濃すぎる。

ヴァンパイアが変化した霧が立ちこめていたのを、ゲルベルガさまの力で払った。

払うというのは、霧からただの魔素に戻すということ。

加えて真祖を倒し、ロードを三十匹殺したことで魔素はさらに濃くなった。

『だから魔法陣の全容は摑めない』

時間をかければ摑めるが、今は時間がない。

『つまり壊れていない可能性もあるってことか？』

『ある。そのときは対応を頼む』

魔法陣を剣で傷つけたら、通常は壊れて機能しなくなる。

だが、こちらとは違う次元に魔法陣を描き込まれていた場合、剣で傷つけても無駄だ。

それこそ時間をかけて解析し、どこにあるか見つけ出して、構造と理論を把握して壊さねばならない。

俺がやっても半時はかかるだろう。

今は残っている霧を消して、神の加護を復活させるのが先決だ。

それに日没まであまり時間がない。

日が沈めば、昏き者どもの動きが活発になるだろう。

それまでには絶対に王宮内の霧をすべて晴らしたうえで、神の加護を復活させたい。

『ここの後処理は任せていいか？　俺は霧を消してくる』

霧を消すにはゲルベルガさまの力が最適。

ゲルベルガさまは敵に狙われやすい。だから護衛として俺がついていかねばならないのだ。

第六章

エリックは俺《おれ》とゲルベルガさまを見て頷《うなず》いた。
『頼んだ、こっちは任せろ』
『霧《きり》を消したら、リンゲインの大使館に向かう』
大使館が神の加護に穴をあける術式のコアがあるであろう場所だ。
『俺も行こうか？』
『エリックが大使館に入るのは色々面倒だろう』
非常事態なので、どうしても必要ならばためらうべきではない。
だが、エリック抜きでも何とかなりそうなら、エリックは入らない方がいい。
『まあ、助けが必要なら遠慮なく呼ばせてもらう』
そう言って俺は霧の残っている方向に向けて走り出す。ガルヴが後をついてきた。
王宮の中には人影はほぼない。
霧が出たので、ヴァンパイア対策で各自部屋の中に閉じこもったのだろう。
途中、出会うのは狼《おおかみ》の獣人族だけだ。
ヴァンパイア対策で雇用されたエリック直属の護衛兵たちである。

狼の獣人族の護衛兵は、走る俺に並走しながら尋ねてきた。

「ロックさん、お手伝いすることはありますか！」

「大丈夫だ、ありがとう。陛下の指示を待ってくれ」

「了解いたしました！　非常事態は解除されたのでしょうか？」

「まだだ」

「了解です！　引き続き王宮のみなさんには室内待機をお願いしていきますね」

「頼む」

そう言うと、護衛兵は去っていった。

神の加護がない現状ではヴァンパイアが王宮に入り込みやすい。

狼の獣人族にはヴァンパイアの魅了《みりょう》も眷属化《けんぞくか》も通用しないから安心だ。

だが、一般の人族はそうはいかない。

人族には室内に引きこもってもらっていた方が守りやすい。


俺は数人の狼の獣人族の護衛兵以外とは遭遇《そうぐう》せずに、王宮の中を進んでいった。

そして霧が残っている場所に到着する。

「ゲルベルガさま、頼む」

「コォォォウゥゥコケッコッォコオオオオオオオオオオオオ！」

神々《こうごう》しい鳴き声とともに霧が晴れていく。

その中にはヴァンパイアロードが三匹いた。

床には真祖《しんそ》の足元に描かれていた魔法陣と同じものが描かれている。

「き、貴様！」

「真祖の奴《やつ》はもう死んだぞ、諦《あきら》めろ」

「戯《ざ》れ言《ごと》を。あの方は不死にして不滅なのだ！」

「神ですら不死でも不滅でもないというのに、傲慢《ごうまん》がすぎるぞ。コウモリ風情《ふぜい》が！」

俺は三匹のロードを魔神王の剣で斬《き》り刻んだ。

変化して逃げようとしたら、ゲルベルガさまの餌食《えじき》である。

三匹を灰にした後、床に描かれた魔法陣を魔神王の剣で傷つけておく。

「よし、次だ」

「がう」「ここ！」

俺はガルヴとゲルベルガさまを連れて走る。残りの霧は三カ所だ。

しばらく走って次の霧に到着する。

手順は同じだ。ゲルベルガさまに鳴いてもらい中にいるロードを倒す。

その後、魔法陣を魔神王の剣で傷つけて壊した。

それを三回繰り返し、真祖を倒したところを含めて計五カ所の霧を晴らす。

「これで王宮内からは霧を取り除けたはずだ」

「ここ」

満足そうにゲルベルガさまが鳴いた。ゲルベルガさまも気配で周囲に霧がないことがわかるのだろう。

俺はそのままリンゲインの大使館目がけて走り出す。

空を見上げると、今なお激しくケーテたちが戦っていた。

昏竜《イビルドラゴン》の数は順調に減っているようだ。

「落ちた昏竜は……どうなったんだ？」

今王都上空を飛んでいる昏竜は、竜の中でも大きな体軀《たいく》を持っている。

倒されて、王都にそのまま落ちてきたら、大きな被害が出かねない。

そんなことが気になっていると、昏竜が一頭倒された。

ドルゴの牙《きば》と爪《つめ》が昏竜の胴体を切り裂いたのだ。

すると、すかさずケーテが暴風のブレスを吐く。

風竜王の放つ暴風ブレスの威力は凄《すさ》まじく、遠くの雲が吹き飛ばされていくのが地上からわかったほどだ。

ケーテの暴風ブレスは何度か見せてもらったことがある。だが、これまで見せてもらったどのブレスよりも威力が高い。

周囲に壊れるものがない上空で、味方は自分と同格の竜の王族だけ。

味方を巻き込まないよう威力を抑える必要がない。

「あれがケーテの本気のブレスか。凄まじいな」

仮に王都の中心でケーテが暴風ブレスを吐いたら、王都の建造物の五分の一ぐらい吹き飛ぶかもしれない。

ケーテのブレスによって死んだ昏竜の死骸《しがい》は吹き飛ばされて王都の外へと落下していく。

「……倒した後のことも、ケーテたちは考えてくれているんだな」

非常にありがたいことだ。


俺は俺でやるべきことをやらねばならない。

王宮から霧を払えたが、リンゲイン大使館はいまだ霧の中にある。

リンゲイン大使館は王宮近くに建っているとても大きな屋敷だ。

壁は高く頑丈で、門扉《もんぴ》も分厚い。

メンディリバル王国内部にある外国だ。

俺が大使館方面につながる王宮の門を目指して走っていると、

『ロック。聞こえるか？　順調か？　今どこだ？』

ゴランが話しかけてきた。

「予定通り王宮内から霧は晴らした。今は門に向かって走っているところだ」

『さすが仕事が早いな』

「それよりどうした？　何か問題が起きたか？」

『そうじゃない。こっちも順調だ。だからそっちに応援を送る』

「それはありがたいが……。そっちの人手が足りなくならないか？」

元々俺はゲルベルガさまとガルヴだけで一緒に大使館を制圧するつもりだった。

もちろん人手があるには越したことはないが、エリックたちの方が人手を必要としているに違いない。

エリックもゴランも王都の機能を回復させ民を保護するために色々やらなければならないことがある。

敵を滅ぼせば何とかなるような俺の気楽な立場とは違うのだ。

『安心しろ。霧が晴れたおかげで、狼の獣人族の警護兵たちが動き出したから人手は足りてるんだ』

「それならいいが……」

『思う存分使ってやってくれ。門で合流してほしい。頼んだぞ』

「わかった。助かる」

その後少し走って、門が見えた。そこにはシアとセルリスが待機していた。

俺と目が合ったシアとセルリスが言う。

「応援に来たであります！」

「大使館に案内するわ。近道があるの」

「応援はシアとセルリスか。頼んだ」

こういうとき王都育ちのセルリスは頼りになる。

道案内としてだけでなく、シアとセルリスはすでに立派な戦力である。心強い限りだ。

王宮の門から外に出て走りながらセルリスたちに念話の魔法をかける。

互いに念話で話せるようにしてから尋ねた。

『大使館って、勝手に入ったら怒られるよな』

『そりゃそうよ。国内にある外国なんだし。非常時だからそうも言ってられないけど』

この前念話での発話法を身につけたばかりだというのに、セルリスの発話は非常に流暢《りゅうちょう》だ。

セルリスは魔法に関する才能もあったのだろう。

『……俺は大使館の職員、それもトップに近い奴が昏《くら》き者に通じていると考えているのだが』

『それは厄介《やっかい》ね』

『確かにそれならば、狼の獣人族が敵の尻尾《しっぽ》を摑《つか》めなかったのも納得であります』

シアはうんうんと頷いている。

狼の獣人族は、エリックの直属の護衛兵として王宮の対ヴァンパイア防備の任についていただけではない。

エリック直属の枢密院《すうみついん》の実働部隊としても動いていた。

対ヴァンパイア、対昏き者に対する諜報《ちょうほう》に関して、シアたち狼の獣人族の右に出る者たちはいないのだ。

『大使館なら、エリックおじさま直属の枢密院も簡単には入れないものね』

『そうであります。ところでロックさんは敵がどのくらい準備していたと考えるでありますか？』

『そうだな。三年かからなかったのならば、邪神《じゃしん》の奇跡を信じる必要があるかもしれない』

『そんなにでありますか？』

『三年以上前って、ロックさんがまだ、次元の狭間《はざま》で戦い続けていた頃ってことよね？』

『そうだな』

十年近くかかっていてもおかしくない。

計画が動き出したのは、十年前に俺とエリック、ゴランに魔神王の侵攻が防がれた直後かもしれない。

敵が準備に時間をかけているのは間違いないが、敵も計画通り進められているわけでもないはずだ。

計画の首謀者と目される真祖を昨日殺したことで、前倒しが必要になったのではなかろうか。

奴らの計画が狂ったのは、もしかしたら、そのさらにずっと前。

十年足らずで魔神王が復活したことも、一連の計画の一部だったのかもしれない。

その魔神王を、俺は次元の狭間での戦いの最後に倒した。

俺が戻ってから昏き者どもの動きが激しくなったのも、魔神王が倒されたことで狂った計画を修正するためだったと考えれば腑《ふ》に落ちる。

『まあ、敵がどれだけ準備していようと、計画成就《じょうじゅ》させるわけにはいかないからな』

『それはそうね』

『それでセルリスに聞きたいんだが、大使を殺したらどうなる？　エリックは困るか？』

十年近く大使館で昏き者どもの計画を進めるのは下っ端《したっぱ》には無理だ。

大使館の人員のうちどれだけの者が昏き者どもに与《くみ》しているかはわからない。

だが、大使が昏き者ども側なのは、ほぼ間違いないだろう。

『そりゃあ、困るでしょうけど……』

『神の加護に穴をあけられたままの方が困るでありますよ』

『それもそうだな』

『昏き者どもについた裏切り者のことなんて、殺してから考えればいいでありますよ』

代々ヴァンパイア狩りを生業《なりわい》としている狼の獣人族の戦士のシアらしい意見だ。

『そうだな。面倒なことはエリックに任せればいいか』

『それに、大使を殺しても恐らくそれほど大きな問題にはならないかも』

『そうなのか？』

『ええ。リンゲイン王国としても大使が昏き者ども側に寝返って、他国の中で色々やってたなんて、醜聞《しゅうぶん》もいいところよ』

『それはそうでありますね。リンゲインの国王が土下座するレベルの問題でありますね』

『そうそう。もちろん政治的な色々が絡《から》まり合って、最終的にどういう落とし前をつけるかが決まるんだろうけど……。むしろ殺した方がリンゲイン王国としては助かるかも』

『可能なら、リンゲインに引き渡して裁かせた方がいいかと、俺は思ってたんだが……』

『生け捕《いど》りにしたら、好ましくない人物《ペルソナ・ノン・グラータ》として国外追放しなくてはならなくなるけど、そうなったら色々公《おおやけ》になってしまうし』

あり得ないほどの大罪を犯した大使には死んでもらった方がリンゲイン王国としても都合がいいということだろう。

『そういうものか』

『多分だけど。私も詳しくはないわ』

セルリスは謙遜《けんそん》するが、外交についてそれなりに詳しいようだった。

セルリスの母マルグリットはリンゲイン駐箚《ちゅうさつ》特命全権大使。

母親の仕事が知りたくて、セルリスは色々と自分で調べたのかもしれない。

『そういうことなら、俺は神の加護の穴を塞《ふさ》ぐことを第一に考えよう』

その過程で大使がどうなろうと、それはそれ。

エリックとマルグリットが何とかしてくれる。

そう結論づけて、俺は大使館への道を走る。

いつもであれば人通りの多い道だが、ほとんど人は歩いていなかった。

『人がほとんどいないわね』

セルリスが心配そうに呟《つぶや》く。セルリスはほとんど独り言のような呟きも念話を使う。

ちょうどそのとき女性に声をかけられた。

その女性は革鎧《かわよろい》を身につけていた。恐らく冒険者だろう。

「そこを走っている方、非常事態です。室内に避難してください」

「非常事態でありますか?」

俺たちは走る速度を緩《ゆる》めない。するとその女性は俺たちに並走し始めた。

息切れすることなく、普通についてくる。なかなか鍛えられているようだ。

その冒険者の女性は空を指さした。

「王都上空に竜が来ています。今のところ、こちらに攻撃を加える気配はありませんが、何があるかわかりませんので」

どうやらゴランの指示で住民避難のために動いている冒険者だったようだ。

ヴァンパイアや神の加護などの言葉を使わずに避難を呼びかけるために、ケーテたちの戦いを利用することにしたらしい。

ゴランが考えた策だろう。ケーテたちの戦いを利用するのは、とてもよい方法だと俺も思う。

数十頭の巨大な竜が戦っているのだ。誰《だれ》の目にも異常だと一目でわかるのが特によい。

王都の民も素直に従うはずである。

心配そうに俺たちに並走し続ける冒険者にシアは冒険者カードを見せた。

「それなら大丈夫であります。ギルマスからの依頼で動いているでありますから」

シアはBランクの冒険者。一流のランクである。

冒険者はシアのカードを見てからシアを見る。そして次に俺の顔とガルヴを見た。

それからセルリスの顔を見て、冒険者はあっという少しだけ驚いたような表情を浮かべた。

「そういうことでしたか。あなたたちもお気をつけて」

「ありがとう、そちらもお気をつけてであります」

冒険者はセルリスの顔を見て、ゴランの娘だと気づいたに違いない。

『冒険者ギルドが危険だと呼びかけているから、人通りがほとんどなかったのね』

『どうやらそうらしい。戦いやすくて助かる』

今頃《いまごろ》ゴランは王都の民の安全のために、忙しく動いているのだろう。


王宮の門から大使館までは、徒歩で三十分ほどかかる。

その道のりを俺たちは十分足らずで駆け抜けた。

走っている途中で、俺たちはフードをかぶり顔を隠す。

昏き者どもにはバレバレだろうが念のためだ。

『霧がすごいわね』

大使館は、地面からかなり高い位置まで、とても濃い霧に包まれていた。

まるで白い塔のように見える。

『だが、霧は問題ではない。ゲルベルガさま、お願いします』

「コゥオォ……コゥォケッコオォォォォォォォォ！」

ゲルベルガさまは、力を一度ためた後、高らかに神々《こうごう》しく鳴く。

鳴き声が半球状に超高速で伝わっていき、白い霧を消し飛ばしていった。

だが、雲と見分けのつかないほどの高さにある霧はまだ残っている。

ゲルベルガさまの声が届かなかったのだ。

とはいえ、本当に雲なのか霧なのか、判然としないほどの上空だ。

これからの戦闘には支障はあるまい。

『ゲルベルガさま、ありがとう』

「ここ」

『これからどうするの？　壁を飛び越える？』

セルリスが大使館を囲む高い壁を見上げながら言う。

壁は成人男性の身長の二倍ぐらいは優にあった。

『それもいいが……』

飛び越えた向こうに罠《わな》があったら面倒だ。着地する場所に槍を設置するだけで効果的だ。

壁の頂付近の向こう側に刃物を設置するだけでも効果的な罠になる。

それに俺たち人族はロープなど道具を使えるが、ガルヴが壁を飛び越えるのは大変だ。

『壁を壊そう』

どうせ、敵にはゲルベルガさまが鳴いて霧を吹き飛ばした時点で存在に気づかれている。

今さら、こそこそしても効果はあるまい。すでに待ち構えているはずだ。

だから、俺は魔法を使って壁に穴をあけることにした。

壁は硬くなめらかな白い石で作られている。

その壁に俺は魔力弾を撃ち込んで破壊した。

ちょうど二人ぐらい並んで通れるぐらいの穴があく。

『さすが鮮《あざ》やかであります』

『ついてきてくれ』

『わかったわ』「がう！」

俺は先頭でリンゲイン大使館の中へと入る。当然、魔法で探索をしながらだ。

壁の向こう側には、茂みに紛《まぎ》れさせる形で槍がびっしりと並べられていた。

昼でも、上からは槍を見つけにくいようになっている。夜ならば目で気づくのは難しかろう。

柔らかい茂みだと考えて、飛び降りたら、致命傷だ。

俺はその槍を魔神王の剣でなぎ払う。

『……壁を飛び越えていたら、着地時にぐさりね』

『ロックさんは魔法があるから何とでもなるでありますが、戦士としてはなかなか対応が難しいであります ね』

一度、自由落下し始めたら、途中で槍に気づいても対応するのは難しい。

着地するまでの時間は短いし、その短い間に重力魔法を発動させるか、槍を破壊する攻撃魔法を発動しなければならない。

よほど凄腕《すごうで》の魔導士でもなければ、対応できずに串刺しだ。

侵入者に対する罠としては効果的なことこの上ない。

『大使館は機密を扱うこともあるし、侵入者への備え自体はおかしくないのだけど……』

『殺意が高すぎるよな』

そんなことを話しながら、俺は大使館の中に向かって歩いていった。

歩きながら、俺は魔法で探索をかけていく。

俺にとっての魔法での探索とは魔力探知《マジック・サーチ》と魔力探査《マジック・エクスプロレーション》の両方を同時に発動することだ。

範囲魔法である魔力探知で周囲全体の魔力を帯びたものを発見し、魔力探査をかけてそれがどういう種類のものかを調べるのだ。

魔力を帯びたものには、魔道具や魔石だけでなく、人や魔獣、昏き者も含まれる。

大使館周辺に魔力探知をかけた瞬間、数百を優に超える魔力を帯びたものを発見した。

その一つ一つすべてに、魔力探査をかけていく。

『ヴァンパイアがいるな。少なくともロードが十匹』

魔法による軽い探索でわかっただけで十匹。

『魅了をかけられた者や眷属などはいるでありますか？』

『いるな。かなりの数だ』

今、大使館の中にいる職員のほとんどが魅了されているか眷属だ。

シアは眷属ならば見ればわかる。だが魅了されている者はわからない。

セルリスはどちらもわからない。

だが、俺ならば魔力探査を個別にかけることで魅了された者を判別できる。

『雑魚《ざこ》は俺に任せろ。ロードが出てきたら対応してくれ』

『わかったわ』

『了解であります』

『邪神の加護には注意してくれ。とはいえ、どうやって注意するかもわからんが』

『あれは厄介でありますからね』

『ヴァンパイアどもは身体《からだ》の中に、邪神の加護のコアを埋め込む技術を編み出したらしいからな』

『本当に厄介ね』

『ガルヴ、もし神の加護に穴をあけている装置の気配を感じたら教えてくれ』

「がう！」

ガルヴも力強く鳴いている。心強い限りだ。

以前、王宮に侵入したヴァンパイアは神の加護の効果を弱める魔道具を持っていた。

恐らくはそれを進化させ、強化させたものが大使館にあるはずだ。

俺を先頭にして建物に向かう。すると、門の方向から人が走ってきた。

合計で十五。大使館の門番にしては多すぎる。

『やはり門から入ってくる想定で準備していたみたいだな』

『奴らもまさか壁をくりぬくとは思ってなかったのでありますよ』

『ロックさん。人？　眷属？』

セルリスの言う人とは魅了されただけの元に戻れる人という意味だ。

『眷属も人も両方いる。しかも眷属でも魅了されているわけでもない奴もいるぞ』

金で雇われたのか。何か事情があるのか。

人でありながら邪神の狂信者なのかはわからない。

どちらにしても殺すわけにはいかない。後で枢密院に引き渡して情報を引き出したいところだ。

恐らく情報はあればあるほど、エリックやマルグリットの後の仕事が楽になる。

『とりあえず、俺に任せてくれ』

『わかったわ！』

『了解であります』

眷属はもう戻れない。かわいそうだが息の根を止めるしかない。それが救いだ。

問題は回復できる魅了された者と、ただの人間である。

死なないように、大きな怪我《けが》を負わせないようにして無力化しなければならない。

俺たちに向かってきている十五の内訳は眷属五体、魅了された者六人、人間四人。

「降伏すれば手荒には扱わないつもりだが」

俺はただの人間に向かって呼びかける。

話しかけたことで、ただの人間四人は足を止めた。

「はあ？　大使館に押し入って、ただですむと思ってんのか！」

リーダー格っぽい男が声を荒らげる。

まったくもってその通りである。こんな状況でなければだが。

俺とリーダー格が会話している間も、眷属や魅了された者たちが飛びかかってくる。

それをいなしながら、人間に尋ねる。

「お前らはわかっていて、ここにいるのか？」

「何をやらかしているのか、わかっていないのはそっちだろう」

リーダー格は反論するが、

「何のことだ？」

戦士らしき一人が俺に尋ねてきた。

「ここはヴァンパイアどもの巣だ。知らずに雇われたのか？　それとも知った上でここにいるのか？」

眷属も魅了された者も、指示次第ではただの人間のふりをすることができる。

普通の人間ではそのふりに気づくことはあるまい。ごまかすことは可能なのだ。

「何を適当なことを！　神の加護の庇護下《ひごか》にある王都にヴァンパイアが――」

戦士の言葉の途中で、俺は眷属五体に向けて魔法の槍《マジッククランス》を放つ。

眷属はレッサーヴァンパイアよりも格下の存在。

一体につき一本。ほとんどの場合、それで充分だ。

だが、五体とも見事に避けた。それは超一流の戦士のような動きだった。

「やるじゃないか。生前はよほど優秀な戦士だったんだな」

眷属になると、戦闘力が上がる。

人間だった頃の戦闘力が高ければ高いほど、強力な眷属となるのだ。

「その五体だけが眷属なのね！」

「まあそうだ」

「なら、私たちも戦えるわ」

「加勢するでありますよ！」

そう言って、セルリスとシアが眷属相手に攻撃を開始した。

セルリスとシアに続いて、ガルヴも眷属に果敢な攻撃を加え始めた。

「ガウガウ！」

眷属は強い。だが、セルリスもシアもガルヴも優位に戦闘を推移させる。

魅了をかけられた人間には危害を加えずに、すべての物理攻撃をかわしていく。

シアとセルリスは魔法攻撃も剣ではじき、的確に眷属にだけ攻撃を加えている。

ガルヴの身のこなしも素晴らしい。

一流の戦士の斬撃《ざんげき》や矢の攻撃を素早く見事にかわしていく。

ガルヴが眷属や魅了をかけられた者からの攻撃を食らう姿が想像できないほどだ。

真祖や強化されたハイロード、ロードとの戦いで、セリルスもシアもガルヴも成長したのだろう。

まるで若い頃の俺たちを見ているみたいだった。

俺に攻撃をしかけようとしていた者たちも、そんなセルリスたちに目標を変える。

「邪魔はさせない」

俺は魅了された者六人だけを魔法で拘束していく。魔力で作った縄で縛り動きを封じた。

猿ぐつわも忘れてはいけない。

支配しているヴァンパイアに舌を噛《か》み切るよう命じられるかもしれないからだ。

魅了された者たちを地面に転がすと、俺はただの人間たちに改めて声をかける。

「で、改めて聞こう。お前らは自分がヴァンパイアの手先だということを知っているのか？」

「だから、王都には神の加護があるんだ！　ヴァンパイアなんて――」

人間たちの一人は叫んでいた途中で固まった。

ちょうどそのとき、シアとセルリス、ガルヴによって眷属の一体が倒された。

「あいつがやられるなんて！　凄腕の戦士だぞ！」

ただの人間四人のうちの一人が叫ぶ。

眷属が倒されるなんてまったく信じていなかった様子だ。

道理で、シアたちが眷属と戦い始めても、慌てず俺と会話しているはずだ。

経験の浅い少女二人と狼に、眷属たち五体が倒されるわけがないと思っていたのだろう。

「えっ。灰に？　え？　どういうことだ？」

さらに別の一人が、驚きの声を上げている。

眷属は倒されると灰になる。その光景を見て異常事態だと気づいたのだろう。

「あ、あいつは、一体どうしたんだ？」

狼狽《ろうばい》した様子で、俺に尋ねてきた。

「お前らだって、対ヴァンパイアの基礎知識ぐらいあるんだろう？」

「ああ、そりゃあるが……」

ただの人間たちが冒険者なのか傭兵《ようへい》なのか、それともまったく別の職業の者なのかはわからない。

だが、ある程度の力量のある戦闘職は基礎的な対ヴァンパイアの知識はあるのが普通だ。

「なら、眷属は殺されると灰になる。それは知っているはずだ」

「………」

人間たちはショックを受けているようだ。

友達だったのかもしれない。だから念のために言う。

「あいつはヴァンパイアに眷属にされていた。だから殺すしかなかったんだ」

「眷属？　そんな馬鹿《ばか》な」

実際に自分の目で見たのにまだ信じられないようだ。

「殺されてすぐ灰になったのを見ただろう？」

俺が改めてそう言うと、人間たちはますます狼狽する。

「だ、だが……さっきまで俺たちは普通に会話をしていたんだ」

「ああ。昼飯がまずいって、軽口を叩《たた》いていたんだ。それなのに……」

そのときまた、シアたちが眷属を倒した。そいつもすぐに灰になる。

「高位のヴァンパイアに眷属にされた者は、命令次第では人とほとんど区別がつかなくなるものだ」

「………」

俺は黙りこくった人間たちの中の魔導士に声をかけた。

「魔力探査が使えるならやってみろ。あいつらが眷属だとわかるはずだ」

「……魔力探査は使えるが、俺は触れないと行使できない」

「…………そうか」

一般的な魔導士は、そういうものかもしれない。

ケーテやルッチラなど、超優秀な魔導士とばかり行動していたから忘れていた。

遠距離からの魔力探査が使えないなら、これ以上すぐに証拠を提出するのは難しい。

「まあ、いい。で、降伏するか？　それともヴァンパイアの手先として、俺と戦うか？　俺はどっちでもいいぞ」

「俺は――」

人間たちの一人が何かを言おうとするのを遮《さえぎ》るように、リーダーが言う。

「戯れ言を！　みんなダマされるな！　あいつの方こそヴァンパイアに違いない！」

「おいおい。さっきまで神の加護があるからヴァンパイアはいないって言っていただろう？」

「だまれ！　おい、お前ら大使館に侵入した大罪人を殺すぞ！」

リーダーが激昂《げきこう》して叫ぶ。

「いや、落ち着けよ。あいつの言っていることが嘘《うそ》とは思えん」

「お前、裏切るのか？」

「何をそんなに興奮しているんだ？　俺たちは傭兵だ。雇い主がヴァンパイアなら、俺たちに嘘をついていたことになる」

どうやら、人間たちは冒険者ではなく傭兵らしい。

「ああ、そうだ。先に裏切ったのは雇い主の方だろう。俺たちが離反するのは当然の権利だ」

俺は傭兵の文化には詳しくないが、そういうものらしい。

確かにだまされたら裏切りが可能とされていなければ、傭兵は使い捨てされやすくなる。

それが、だましたら裏切るのが権利となれば、おとりにされないための抑止力になるのだろう。

「で、降伏するってことでいいか？　その方が俺としても手間が少なくていいんだが」

俺は四人の傭兵たちに改めて呼びかけてみた。

そのとき、またシアたちが眷属を灰にする。これで眷属五体のうち三体が灰になった。

元々、優れた戦士だった者たちが眷属化されてさらに強くなっている。

それを数の不利をものともせずに、シア、セルリスとガルヴは確実に一体ずつ仕留めていった。

三体目も灰になったのを目の当《ま》たり《あ》にして、リーダー以外の傭兵たちは現状を認識できたようだ。

「わかっ――」

「ふざけんな！　お前ら、あいつをやるぞ！」

だが、リーダーは大声で叫び、俺めがけて襲いかかってきた。

戦士にしてはなかなかの身のこなしだ。だが、ゴランは当然のこと、シアやセルリスよりも落ちる。

「ニアの方がまだ強いな」

「何を――」

俺は魔法を使わない。剣を振るう右手を掴みひねりあげて地面に引き倒した。

「降伏しないなら、拘束させてもらう。面倒だが仕方がない」

「てめえ！　離せ！　お前らも――」

魔法で縄を作り拘束したが、リーダーはわめき続ける。

仕方ないので魔法で猿ぐつわをかけておく。

そして俺はシア、セルリス、ガルヴの方を見る。

ちょうど残った二体の眷属が灰になったところだった。

「おつかれさま。いい働きだ」

「ありがとうであります。こいつらはどうするでありますか？」

シアは拘束ずみの魅了された者六人とリーダーの計七人を見る。

「面倒だが、どこかの部屋に押し込んでおこう」

「それがいいかもでありますね」

そして俺は傭兵たち三人に言う。

「手伝ってくれ」

「あ、ああ」

「このあたりに空き部屋はないか？　窓から侵入する予定だから直線距離で近い場所がいい」

「そうか、それなら――」

傭兵たちは素直に教えてくれる。

「運搬は俺たちがやるから、シアとセルリスは周囲の警戒を頼む」

「わかったわ」

「任せるであります」

「がう」

そして、俺は魅了された者六人とリーダーに向けて眠りの雲《スリープクラウド》をかける。

「もごも……」

リーダーも魅了された者どもも、抵抗しようともがいたが、一瞬で眠った。

「これでよしと」

七人はピクリとも動かなくなった。

不安そうに傭兵の一人が言う。

「し、死んだのか？」

「いや生きている。眠っているだけだ。呼吸しているだろう？　それに心臓も動いている」

俺の言葉で傭兵たちは口元に手を近づけ、首に手を触れて脈を確認していた。

「確かに生きているみたいだ。だが死んでいるようにしか見えないな」

「それだけ眠りが深いってことだ。当分は起きない」

「当分ってどのくらいだ？」

傭兵の一人が尋ねてきた。

呼吸も静かで、ピクリとも動かないので、パッと見では死んだように見える。

だから心配になったのだろう。

「心配するな。放っておいても明日には起きるだろう」

そして俺と傭兵たち三人で七人を部屋へと運ぶ。

傭兵三人がそれぞれ一人ずつ背負い、俺は四人を運ぶ。

四人を一度に運ぶのは、魔法を使わないと大変だ。

俺は魔法で四人を浮かせて、運んでいく。

「あんた何者だ？」

「ただのFランク冒険者だ」

俺は本当のことを言ったのに、

「……そうか。話すわけにはいかないってことか」

「機密ってやつなんだろう？　俺たちも傭兵だ。わかっている」

「ああ。深く詮索《せんさく》はしないさ。それが長生きするコツなんだ」

「それは助かる。痛くもない腹を探られるのは色々と面倒だからな」

そして俺たちは近くの部屋に侵入し七人を並べる。

それから部屋全体に魔法をかけて防御した。そのうえで外から扉や窓に魔法でロックをかける。

「これでヴァンパイアどもが殺しにきても、容易には入れまい」

大使館の外にある屋敷にいるよりも安全なぐらいには防備を施した。

彼らを殺されると、情報を得ることが難しくなり、後でエリックやマルグリットが苦労するのだ。

防備を施した後、俺は傭兵三人に尋ねた。

「話を聞かせてくれ」

「ああ、何でも聞いてくれ。だが、俺たちはヴァンパイアなんて知らないぞ？」

「わかっている。誰に雇われた？」

「大使館警備の仕事があったから応募したんだ」

「元々四人パーティーだったのか？」

「いや違う。三人ともソロで活動していた流れの傭兵だ」

「三人？　リーダーは？」

「リーダーは俺たちが雇われたときにはすでに大使館の警備主任だった」

「なるほどな」

もしかしたらリーダーは昏き者ども側の人間だったのかもしれない。

「灰になった奴らは、大使館で初めて会ったのか？」

「元から知っている奴ばかりだよ」

「詳しく教えてくれ」

エリックの治めるメンディリバル王国も隣国のリンゲイン王国も最近は平和だ。

そのため傭兵の需要自体が少なく、警備や護衛などの仕事で食いつないでいたようだ。

「傭兵の数自体が少ないんだ。若い奴は冒険者になるしな」

「ああ、逆に今も傭兵をやっている奴はみんな古いなじみだよ」

今の傭兵は、戦争や小競《こ ぜ》り合いが多かった頃から傭兵をやっている者ばかりだ。

対人戦闘以外に得意なことがある奴は、他の仕事に就いて傭兵をやめていく。

今も傭兵をやっているのは、騎士になれるほどの家柄も教養もなく、薬草集めや魔鼠退治も苦手な者ばかり。

「今の傭兵はさ、みんな知り合いみたいなもんなんだよ」

傭兵の一人がしみじみと言う。

眷属化して知り合いに違和感を覚えさせないとは、眷属はよほど自然に振る舞っていたのだろう。

眷属にしたヴァンパイアの力量が高いことの証明だ。

「眷属にされた奴がいつごろ大使館に雇われたかわかるか?」

「そうだな……。三年とか五年前とか。一番新しいのは半年前だな」

「お前たちはいつ雇われた?」

「三カ月前だ」

「俺は大体一カ月前だな」

「俺は一番新入りだ。先週雇われたばかりだ」

どうやら大使館は傭兵ギルドに定期的に依頼を出していたらしい。

「お前たちも、そのうち眷属にされていただろうな」

「そ、そうかもしれねえ」

「外にいく仕事とかなかったのか？」

「来週、護衛任務で外に行く予定だった」

「そうか、そのときに眷属にする予定だったのかもな」

俺がそう言うと、傭兵たちは顔を青ざめさせていた。

神の加護がある間、大使館のある王都内にはヴァンパイアは入れない。

だから眷属にしたり魅了にかけたりするには、王都の外に連れていかねばならないのだ。

そして、俺は傭兵たちに言う。

「リーダーだった奴は恐らく邪神の狂信者だ」

「狂信者？」

「人間でありながら、邪神の顕現《けんげん》を願う奇特《きとく》な奴のことだよ」

「そんな奴がいるのか？　邪神が地上に顕現なんかしたら、世界の終わりだ」

「種族や国とか関係なく、人族は殺されるか、よくて家畜にしかならんぞ」

「だが、狂信者は確かにいるんだ。俺としても理解しにくいがな」

俺には人間が狂信者になる理由はわからない。

だが、ヴァンパイアが眷属にもせず、魅了をかけずにただの人間のまま使いたいと考える理由はわかる。

眷属にしてしまえば、狼の獣人族に会えば即座にばれてしまう。

人口比率で言えば、狼の獣人族はかなりの少数派だ。

だが、遭遇確率は無視できるほどには低くない。

だから、一度眷属にしてしまえば、大使館の外に出しにくくなる。

戦闘技術をもった優秀な人材なら尚更《なおさら》外に出しにくい。

魅了をかけた者も、優秀な魔導士に遭遇すればばれる可能性はある。

それゆえ、眷属でもなく魅了にもかかっていないうえに、忠実な人間というのは有用なのだ。

「リーダーは、人集めをヴァンパイアに命じられていたのかもな」

「……まったく気づかなかった」

戦士職なら、普通は気づかない。気づけなくても仕方がない。

気づけるのは、宮廷魔導士クラスの超優秀な魔導士ぐらいだろう。

「そうか。お前たちが雇われた経緯は大体わかった」

俺との会話で、傭兵たちも自分が大使館に雇われた真の理由を理解したようだ。

「俺たちはとんだ間抜けだ。高給につられて……」

「魅了ならともかく、眷属にさせられていたと思うと……。恐ろしいよ」

「魅了も恐ろしい。人間を、もしかしたら仲のいい友達を殺すことになったかもしれないからな」

そして、傭兵の一人が、弁解するように言う。

「誓って言うが、俺たちは本当に大使館がヴァンパイアのアジトだって知らなかったんだ」

「わかっているさ。後で王宮にも取り調べられるだろうが、お前たちのことは俺から協力的だったと伝えておくよ」

「心強いよ」

「ああ、Ｆランク冒険者の口添えがあれば、安心だよ」

そう言って傭兵たちは苦笑する。

傭兵たちは、俺が秘密任務でやってきた王直属の騎士か何かだと思っているに違いない。

外れているが、真相を説明するわけにもいかない。誤解させたままでいいだろう。

「あんたたちは命の恩人だ。ありがとう」

傭兵たちは丁寧《ていねい》にお礼を言う。

「気にするな。ちなみに絶対に入ってはいけないと言われていた場所はあるか？」

「ああ、あるぞ。北側の建物は大使の執務室兼居住区で外交機密などを扱う場所だから近寄るなって」

「近寄ったらスパイ容疑で死刑もあり得るって言われていたからな」

「冗談でも、近づいたりしなかったさ」

「ありがとう。色々参考になった」

「役に立ててよかったよ」

「さて、お前たちはどうする？　リーダーが寝ている部屋がいいか？　それとも隣の部屋がいいか？」

「どういう意味だ？」

「これから俺たちはヴァンパイアと戦いにいく。特殊な訓練を受けていない者は連れていけない」

傭兵たちをヴァンパイアとの戦いに連れていくわけにはいかない。

かといって、後でしっかりと話を聞かないといけないので、解放するわけにもいかない。

だから、どこかの部屋に軟禁しつつ保護するのが、傭兵たちのためにもこちらのためにもなる。

そんなことを説明したのだが、

「俺たちもベテランの傭兵だ。足手まといにはならないはずだ」

「相手がヴァンパイアでなければ戦力だろうさ。だが、これから戦うのは確実にロードクラス以上だ。魅了をかけられるぞ」

「……そうか。それもそうだな」

傭兵たちにも、ヴァンパイアの基礎知識があるので、納得してくれた。

その後、傭兵たちの希望を聞いて、リーダーや魅了されている者たちが寝ている部屋の隣の部屋に入ってもらった。

傭兵たちも魅了されている者や、邪神の狂信者の疑いがあるリーダーとは一緒に過ごしたくないのだろう。

たとえ眠っていたとしてもだ。

俺は、傭兵たちの入った部屋全体に、しっかりと魔法防御をかけて保護することにした。

第七章

部屋への防御は、手慣《てな》れたものですぐに終わる。

これでハイロードクラスでも容易には入れまい。

「これでよしと」

『少し時間がかかってしまったわね』

『とはいえ、情報を得られたでありますよ。結果的に時間を短縮できたかもであります』

セルリスとシアが念話で話しかけてきた。

俺《おれ》は念話の魔法を常時発動させ続けている。だから戦士のセルリスたちも念話を使えるのだ。

『とりあえず北に向かおう。ついてきてくれ』

『わかったであります！』

『はい！』

「がう！」

俺たちは傭兵《ようへい》たちが侵入を禁止されていたという北の建物に向かって走り出す。

エリックの王宮は王都の最北に位置している。

恐らく、真北の天空に浮かぶ動かない星に王を擬しているのだと思うが詳《くわ》しいことは知らない。

ともかく、北側というのは、大使館の敷地内で王宮にもっとも近い位置である。

そして、この大使館を中心として、神の加護に穴があいている状態だ。

『神の加護を復旧させねば、いつ昏《くら》き者どもの増援が来るかわからないからな』

『そうね！』

『邪神《じゃしん》の加護にも気をつけないといけないでありますよ！』

邪神の加護という言葉を聞いて、俺の懐《ふところ》の中に入っているゲルベルガさまがぶるりと震えた。

ゲルベルガさまは、邪神の加護の影響を一番受けやすい。

俺などよりずっと激しい苦痛に襲われるのだろう。

できることならば、邪神の加護を発動させることなく、敵を制圧したいものだ。

俺は服の上からゲルベルガさまにそっと触《ふ》れる。

そうして少し走って、北の建物に到着した。

大使館の北の建物、大使の住居兼執務のための館と言われている建物だ。

当然、俺は魔法による探索はずっとし続けている。だが建物の中は見通せなかった。

『魔力探知も魔力探査も通らない。何があるかわからない。気を引き締めよう』

もちろん三十分程度の時間をかければ、中を魔法で探索することはできるだろう。

だが、残念ながらそんな余裕はない。

『罠《わな》があるかもしれないわ』

『気をつけないとでありますね』

『ガルヴはシアの後ろで待機だ』

「がう」

扉には魔法の鍵《かぎ》がかけられていた。扉自体も魔法で強化されている。

とはいえ、俺が魔法を使えばたやすく壊せるだろう。

そして、壁は扉よりも強固な魔法で保護されている。

だが、俺はあえて扉を迂回《うかい》した。壁越えのときと同じ理由だ。

扉の向こうには罠をしかけられている可能性が高いのだ。

だから俺は壁に魔力弾を撃ち込んだ。轟音《ごうおん》が鳴り響いて、壁に大穴があく。

その穴からは濃密な霧が吹き出してくる。例のヴァンパイアの霧だ。

ゲルベルガさまの鳴き声を防ぐ、防音効果のようなものが壁にはあったのかもしれない。

『中を魔法で探索できなかったのは、特殊な壁と霧のせいかもしれないな』

「こ？」

ゲルベルガさまが俺の懐《ふところ》から顔だけ出して鳴いていいか聞いてきた。

『頼む』

「コゥ……コケコッコオオオオォォォォォォォォウ」

一声で、霧が文字通り霧散する。

『ありがとう、助かった！』

俺はお礼を言って穴の中へと飛び込んだ。

建物の中に入ると同時に俺に向かって横や上下から魔法の刃が撃ち込まれる。

そのすべてを、俺は魔法の障壁で防ぎきった。

凌《しの》ぎきったところに、数瞬だけ遅れて正面から鋭い槍に襲われる。

それは魔法の槍ではなくミスリル銀の槍だった。

「ふむ。よく考えているな」

俺はその槍を右手で摑《つか》んで止める。

魔法攻撃で魔法防御を発動させて、防ぎきったと思わせたところに物理攻撃だ。

魔導士でなければ最初の攻撃を防ぎきれず、魔導士ならば物理攻撃を防《ふせ》ぐのは難しい。

「……化け物が」

そう呟《つぶや》いたのは、俺の正面から槍を投げつけた男だ。

「化け物とはお前らにふさわしい言葉だろう？　……ん？　お前人間か」

投擲《とうてき》された槍の速さと狙《ねら》いの正確さから、ヴァンパイアだと思ったが調べたら人間だった。

『あいつが大使よ』

穴から俺に続いて入ってきたセルリスが教えてくれた。

シアもガルヴも穴から入ってきて、周囲を油断なく見回している。

大使は四十代半ばぐらいの壮年《そうねん》の男だ。

身長が高く、血色はよい。身体《からだ》もよく鍛《きた》えられている。

文官出身ではなく、軍出身の貴族なのかもしれない。

「ふむ」

俺は部屋の中を見回した。

今いる部屋は入り口から入ってすぐの場所にある。なかなかの広さだ。

入り口や窓の側《そば》には罠らしきものがしっかりと準備されていた。

だが、部屋の中には大使しかいなかった。

大使以外は、人一人、ヴァンパイア一匹もいない。

大使の存在自体が罠かもしれないと警戒しながら俺は語りかける。

「大使か。それならば魅了にかけるわけにも眷属《けんぞく》にするわけにもいかんよな」

大使という立場上、メンディリバルの王宮にもリンゲインの王宮にも顔を出す機会はある。

一般的に王宮というのは警備が厳重なのだ。

それに宮廷魔導士など、高位の魔導士も多いし、メンディリバルの王宮には狼《おおかみ》の獣人族の警護兵がたくさんいる。

大使は人でなければ務まるまい。

「そうだ。私は在メンディリバル王国駐箚《ちゅうさつ》リンゲイン王国特命全権大使である。私に弓を引くことは、メンディリバル王国、リンゲイン王国双方に弓を引くことと同義と心得よ！」

大使は堂々と威厳のある態度で宣言した。

俺は大使に向かって、冷静に言う。

「大使閣下こそ、昏き者どもに与《くみ》し、神の加護に穴をあけてただですむとは思ってはいないよな」

「言いがかりも甚《はなは》だしい！」

「そうか。で、神の加護に穴をあけている装置はどこにある？」

答えを得られるとは思ってはいない。だから俺は魔法で探索をして探しつつ尋ねた。

だが、隠蔽《いんぺい》魔法が厳重にかけられているのか、なかなか引っかからなかった。

大使と会話をしながら周囲を探るのでは時間が少し余計にかかる。

だから俺はシアたちに言う。

『シア、セルリス、大使の相手を頼む』

『た、大使の？　お相手でありますか？　あたしにできるでありますかね。偉い人と話すのは苦手でありますが』

『シアは騎士だし、大丈夫よ。それにいつもエリックおじさまとお話ししてるじゃない』

『それは、そうでありますが……』

『安心してくれ、適当に話をして、逃がさないようにしてくれればいい。ヴァンパイアを見つけるまでの時間稼ぎだ』

『それでもあまり自信がないでありますよ。セルリス、お願いできないでありますか？』

シアは貴族との交渉の経験がないのだろう。

冒険者はそういう経験がないのが普通なので、仕方のないことだ。

『わかったわ。私に任せておいて！』

セルリスは堂々とそう言うと、

「大使閣下。お久しぶりです」

優雅に貴族の令嬢らしい礼をしてみせた。

「……？　ああ、シュミット侯爵閣下のお嬢様でしたか」

一瞬、大使は怪訝《けげん》な表情を浮かべた後、すぐにセルリスの正体に気がついたようだ。

シュミット侯爵とはセルリスの母マルグリットのことだ。

「ええ。このような場でお会いするとは悲しいです」

「私の方こそ残念ですよ。仮にもシュミット侯爵閣下のお嬢様ともあろう方が賊《ぞく》に成り果てるとは――」

「大使閣下ともあろうお方が、どうして昏き者どもに与することにされたのですか？」

大使は俺たちのことを賊であるとして話し、セルリスは大使のことを昏き者どもの仲間として話している。

互いに相手が悪いことをしたので、悲しいというスタンスだ。

時間稼ぎにはちょうどいい。

俺は大使がセルリスと話している間に探索を進める。

「おい！　貴様何をしている！」

大使が動き出した俺に向かって怒鳴りつけた。

俺は無言で探索を進める。

接近すればするだけ隠蔽の魔法は見破りやすくなるのだ。

「大使閣下――」

セルリスが会話で引き留めようとしてくれる。だが大使の視線は俺に釘付《くぎづ》けだ。

やはり、絶対見つけてほしくないものがこの近くにあるのだろう。

そして、それは恐らく神の加護に穴をあけている装置に違いない。

「む？」

一分ほど室内を調べて、俺は怪しい場所を見つけた。

ただの壁に見える。だが隠蔽魔法で厳重に隠された扉だ。

俺がそれに触れようとすると、

「貴様！」

激昂《げきこう》した大使が剣を抜いて飛びかかってこようとした。

「大使閣下。私とのお話がまだ終わっていませんわ」

セルリスが突進し始めた大使の袖《そで》を掴み華麗に投げる。

セルリスは剣すら抜いていない。

「ぐぅ」

投げられた大使は背中を床にしたたかに打ちつけて、呻《うめ》き声を上げた。

大使は素人《しろうと》ではない。俺に投擲した槍から判断するに一流の戦士だ。

その大使をセルリスは片手でいなしてみせた。

「大使閣下。お話をしましょう？」

呻く大使を見下ろしてセルリスは可愛《かわい》らしく微笑《ほほえ》んだ。

『セルリス、助かった』

『こっちは大丈夫！　任せておいて』

セルリスの返事を頼もしく思いながら、俺は扉にかけられた隠蔽の魔法を解いた。

壁にしか見えなかった場所が、重厚な金属製の扉へと姿を変える。

一般的な金属ではない。オリハルコンが主成分だ。

加えて愚者《ぐしゃ》の石が混ぜられている。

昏き者どもは扉に混ぜられるほど、大量の愚者の石を手に入れていたということだろう。

「随分と金と手間をかけた立派な扉だな」

俺がそう言うと、

「触れるな！　貴様ごときが触れていいものではない！」

大使がわめく。そんな大使を無視して、俺は扉に手を触れた。

扉には強固な施錠《ロック》の魔法がかけられている。

その施錠の魔法は王宮の宝物庫《ほうもつこ》の扉にかけられている魔法に匹敵《ひってき》する威力だ。

「よほど入られたくないようだな」

「貴様、やめろ！」

大使は俺に飛びかかろうと、立ち上がろうとするが、そのたびにセルリスに転ばされていた。

俺は落ち着いて、解錠《アンロック》の魔法をかける。

――ガチリ
低い音が鳴って、鍵が開く。そして俺は扉に手をかけ開こうとした。

――ドガアアアア
すると開こうとした扉自体が爆発《ばくはつ》した。

金属の扉が細かな破片となり、超高速で周囲に飛び散る。

小さな破片一つを食らうだけで致命傷になり得るほど威力は高い。

俺はパーティーの魔導士として、セルリス、シア、ガルヴとゲルベルガさまを守らねばならない。

爆発し始めるその反応を察知した瞬間に、俺は魔法の障壁を張る。

俺が障壁で守らなかった壁や床、天井《てんじょう》に破片がぶつかり大きな音が鳴った。

俺はシアたちの方を振り返らず、爆発した扉の奥を睨《にら》みながら尋ねた。

『みんな大丈夫か？』

「ええ、無事よ。ありがとう」

『おかげさまで無事でありますよ！』

「がう」

『それはよかった』

念話で会話をしながら、俺は扉の奥を観察し、魔法で探索し続ける。

扉の奥の部屋はそれなりに広かった。五十人ぐらいが参加するパーティーを開けそうなぐらいだ。

そして、窓が一つもなく、薄暗い。

大使館には似つかわしくない玉座《ぎょくざ》のような椅子《いす》が高い場所に置かれていた。

そこには、ヴァンパイアが堂々と座っている。

真祖《しんそ》ではないが、膨大な量の魔力を持っている。邪神に強化されたハイロードだろう。

「お前がここのボスか？」

「……頭《ず》が高いぞ、猿が」

玉座から見下ろしたまま、ハイロードは低い声でそう言った。

俺はゆっくりと部屋の中へと入る。ガルヴも慎重についてきた。

「誰《だれ》が入っていいと許可を出した！」

ハイロードの怒声と同時に、雷が落ちる。その雷をとっさにかわす。

「随分とイライラしているな。まるで計画が失敗しそうで慌てているかのように見えるぞ？」

「……猿風情《ふぜい》が、調子に乗るな」

俺はゆっくりとハイロードに歩みよりながら、魔法による探査を進める。

神の加護に穴をあけている魔道具を見つけるためだ。

だが、見つけるのは容易ではなさそうだった。

反応が見つからないわけではない。逆に魔力探知に大量の反応がひっかかったのだ。

部屋の中は魔道具や魔石、ヴァンパイアのメダルだらけだ。

その中から、神の加護に穴をあけている魔道具を特定するのは非常に面倒だ。

「……こそこそと何を探っている？」

俺が魔法で探索していることに気がついたようだ。
ハイロードだけあって、魔導士としてもかなりの力量を持っているらしい。
「聞かなくてもそのぐらいわかっているだろう?」
そう適当に返事をしながら、念話で会話する。
『シア、セルリス。こっちは任せてくれ』
『わかったであります。大使は任せてほしいでありますよ』
『うん、こっちは任せて』
シアたちのいる部屋から大使のわめく声が聞こえていた。
そして、その声を聞いた大使の部下たちが駆けつけてきて戦闘が始まった。
戦士や魔導士を含む戦闘員が十名。
『全員眷属でありますよ!』
『なら、遠慮しなくていいわね。戦いやすいわ!』
シアとセルリスならば大丈夫だろう。
俺は俺のすべきことを、速《すみ》やかに実行しなければならない。
だが、神の加護に穴をあける魔道具は見つからなかった。
「……嫌な予感がするんだが」
「…………」
ハイロードはこちらを無言で見つめていた。

俺は虚《きょ》を突いて、一足飛びで間合いを詰めて玉座に腰かけているハイロードに斬《き》りかかる。

「ちぃ！」

ハイロードは軟体生物のように身体をよじり、魔神王の剣を回避しようとする。

だが、俺の剣もその変化に対応して軌道を変える。

魔神王の剣は、ハイロードの腹を斬り裂いた。

「……猿のくせに何という動きだ」

「お前らは本当に気持ちの悪い動きをするな」

ヴァンパイアどもは、まれに脊椎動物にはあり得ない動きをする。

まるで海に住む軟体動物の蛸《たこ》のごとき動きをするのだ。

見かけが脊椎動物に似ているので、つい対応が遅れてしまう。

だが、俺は前に見たことがある。だから対応ができた。

「貴様ぁ……」

ハイロードは俺が斬り裂いた腹を手で押さえている。

「どうした？　化け物。その程度の傷、化け物らしく再生すればいいだろう？」

だが、ハイロードは腹の傷を再生せずに、手で押さえ続けている。

「まるで再生できない理由があるみたいじゃないか」

「舐《な》めやがって！」

ハイロードは、その優れた身体能力を生かして爪《つめ》を振るって襲いかかってきた。

俺はその攻撃をかわしつつ、ハイロードに尋ねる。

「再生できないのは、その腹の中に入っているものが原因か？」

「っ！」

ハイロードは絶句し、一瞬だけ動きが鈍《にぶ》った。

先ほど村で倒したロードは邪神の加護を発生させる魔道具を体内に埋めていた。

そしてそのことで強化もされていたのだ。

だから、こいつも体内に何かを隠していると俺は考えた。

しかも今は神の加護に穴をあける魔道具が俺の魔法による探索で見つからない状況だ。

ならば、高確率でハイロードが体内に隠しているものは神の加護に穴をあけている魔道具だろう。

「どれ、再生できないのはお前も辛かろう。原因を取り除いてやろうじゃないか」

俺はハイロードの猛攻を回避しながら、間合いを詰めて腹の傷口に右手を突っ込んだ。

そしてドレインタッチを発動する。

「うがあああああ！」

みるみるうちに、ハイロードは萎《しぼ》んでいく。

ドレインタッチを食らわせれば、ハイロードの動きが鈍くなる。

そうしてから俺はハイロードの体内を魔法で探索していった。

「む？　これは？」

怪しげな魔力反応を示す魔道具らしきものを見つけ出す。

そこは心臓と横隔膜《おうかくまく》の間、一般的に膏肓《こうこう》と呼ばれる場所だ。

その魔道具らしき反応を、俺は右手で摑んで、抉《えぐ》り出す。

「ぐうぅぁあああああああ」

ハイロードは絶叫した。

魔道具を体内に入れていたことによる強化もハイロードから失われたようだ。

みるみるうちに並のハイロード程度の魔力に落ちていく。

魔力が下がった代わりに、傷口の再生が始まった。

どういう作用で再生が阻害《そがい》されていたのかはわからない。後日きちんと調べたいところだ。

「体内に魔道具を入れて強化するとか、お前らの考えていることはわからないな」

そんなことを言いながら、俺は魔道具を魔法で調べる。

魔道具は握りこぶし程度、人間の心臓と同じぐらいの大きさだった。

素材は愚者の石と魔石のかけらとオリハルコンだろうか。

そして、魔術回路は複雑怪奇だった。

魔力探査で回路の全体図を把握したにもかかわらず、機能は把握できないほどだ。

「これは、凄《すさ》まじいな」

俺は思わず呟く。

「返せ！　下等生物が！」

激昂したハイロードが躍りかかってくるのを、左手でいなす。

そうしながら、右手で魔道具の調査を進めていく。

恐らくこれが神の加護に穴をあけている魔道具なのは確実だろう。

このような複雑な魔道具は単に力任せに壊せばいいというわけでもないので厄介《やっかい》だ。

解析し、構造を把握したうえで適切に壊さなければならない。

力任せに壊しても、恐らく五割ぐらいの確率で魔道具の機能は消えて、神の加護の穴は塞《ふさ》がるだろう。

だが、残りの五割は予測不可能なことが起きかねない。

暴走し、短期的に穴が急激に広がる可能性もある。

他にも暴走の結果、神の加護のコアそのものを破壊する可能性すらある。

「これは複雑だなぁ」

「手を離せ！」

怒り狂ったハイロードをあしらいながら分析するのは面倒だ。

「お前は死んでおけ」

俺は左手に持った魔神王の剣でハイロードの首を刎《は》ねる。

そして、さらに縦に斬り裂いた。

「……神罰が下るであろう」

「黙れ」

霧に変わろうとしたところで、ゲルベルガさまが鳴いてくれる。

ハイロードは、なすすべもなく灰へと変わっていった。

『助かった。ゲルベルガさま』

「ここぅ」

『眷属が灰になったわ！』

『それは何より。こっちのハイロードが奴らの主だったんだろう』

眷属にしたヴァンパイアが死ねば、眷属は死ぬ。魅了された者の魅了も解ける。

恐らく先ほど部屋に閉じ込めた魅了された者たちも魅了が解けて気を失っているに違いない。

後で確認しにいくべきだろう。

「さてと……」

ハイロードの邪魔もなくなったので、解析に集中できる。

と思ったのだが、

「……あっさり死におって」

「あの方の勅命《ちょくめい》すら満足に果たせぬ恥知らずが……」

床からヴァンパイア二匹が生えてくるように出現した。

その二匹は、今まで魔法による探知にもまったく反応していなかった。

まるでレイスが壁を通り抜けるときのように、床を通り抜けて出現したのだ。

そのヴァンパイアの肉体は半透明である。半分霧化しているようにも見えた。

ゲルベルガさまもそう判断したのだろう。

「コケッコッコオオオ」

高らかに鳴いてくれる。

だが、ヴァンパイア二匹が灰になることはなかった。

「ふん。神鶏《しんけい》か。我らには効かぬ」

「ここ？」

ゲルベルガさまが驚愕《きょうがく》している。

『何か、からくりがあるんだ。変化したヴァンパイアならば、ゲルベルガさまの鳴き声が通用しないはずがないからな』

「こぅ」

そして二匹のヴァンパイアは完全に出現し終えて、床の上に立つ。

今は完全に実体のある、ヴァンパイアハイロードにしか見えない。

『新種が現れたのね？　応援に向かうわ』

『大使は完全に縛りつけたでありますよ』

眷属が灰になった今、大使一人が、シアたちの相手になるはずがない。

『頼む。今は俺は解析に集中したいところなんだ』

『任せて！』

すぐにシアとセルリスが駆けつけてくれる。

そして、ハイロード二匹に飛びかかった。

「我はそこの魔導士を殺しにきたのだ」

「猿の小娘は引っ込んでいろ！」

ハイロードは魔法を放ち、シアとセルリスに攻撃をしかける。

だが、その魔法を、シアたちはすべてかわし斬りかかった。

シアとセルリスの斬撃《ざんげき》は鋭い。ハイロード二匹も剣を抜いて斬撃を防ぐ。

ハイロード二匹は、驚愕に目を見開いていた。

まさか年若いシアとセルリスがこれほど強いとは思わなかったのだろう。

「あんたたち程度、ロックさんが相手をするまでもないわ！」

「そうでありますよ。お前たちには小娘程度がお似合いであります」

「舐めやがって！」

ハイロードは攻撃を激しくするが、シアもセルリスも受け流し痛烈な攻撃を加えていく。

二匹のハイロードは徐々《じょじょ》に徐々に追い詰められ、顔に焦《あせ》りが浮かんでいた。

二人ががんばってくれているおかげで、俺は解析に集中できる。

数分後、俺は魔道具の解析を終えた。構造を把握。魔法理論も理解した。

「こんな手があったとはな。恐ろしいことを考えるものだ」

魔法理論は非常に高度なものだったが、理解できれば魔道具を壊すことができる。

『そろそろ日没でありますよ！』

『今から壊す。神の加護の穴が塞がるはずだが、一応警戒しておいてくれ』

『わかったであります』

『警戒しておくわね』

「がう」

それから俺は魔道具を丁寧《ていねい》に壊していく。順に分解し、機能を完全に止める。

『これで神の加護の穴が塞がったはずだ』

つまり、この場所も神の加護に包まれたということ。

とはいえ俺には感知できない。

神の加護は昏き者どもに制約を与える神の奇跡のようなもの。

昏き者どもではない俺には何の制約もないので効果は実感できないのだ。

「ぐうううううう！」

「ぐがあああぁぁぁ」

だが、ハイロード二匹への神の加護の影響は痛烈だった。

悲鳴を上げながら、うずくまる。

強力な昏き者であればあるほど、効果を発揮するのが神の加護である。

ゴブリンや眷属程度ならば王都内でも活動できる。

だが、レッサーになると活動が厳しくなる。アークならばまともに活動できまい。

より強力なロードやハイロードともなれば、苦痛でまともに動けなくなるのだ。

「よし。神の加護が戻ったようだな」

俺は悲鳴を上げるハイロード二匹を見て安堵《あんど》する。

「日没までに間にあったでありますね」

そう言いながら、シアはうずくまるハイロードの首を刎ねた。

「そうね。日が沈むと、昏き者どもは活発になるから、よかったわ」

セルリスもハイロードの心臓に剣を突き刺す。

ヴァンパイア狩りに熟達しているシアだけでなく、セルリスも手慣れたものだ。

シアもセルリスも、ヴァンパイアを仕留める手順としては問題はなかった。

ゴランやエリックでも、同様の手順でそうしただろう。つまり、完璧《かんぺき》な手順だ。

だが、二匹のハイロードは灰に変わることがなかった。

一匹は首と胴が切り離され、もう一匹は心臓を抉られて、だが死なずに悲鳴を上げ続けている。

『……どういうことでありますか？』

ヴァンパイア狩りのベテランであるシアが困惑している。

『わからん。ゲルベルガさまの鳴き声が通じなかったのと何か関係があるのかもしれないな』

ハイロード二匹にどんな謎《なぞ》があるのかは、まだわからない。

だが、謎を解き明かすのは、とどめを刺してからゆっくりすればよい。

倒れている二匹のハイロードの間には成人男性三人分ほどの距離がある。

同時に攻撃するには離れすぎているので、俺はセルリスが心臓を抉った方に向かう。

そしてハイロードに触れると、ドレインタッチを発動させた。

「とりあえず、何であろうと魔力を吸い尽くせば死ぬだろう」

「ぐあああああああああああぁぁぁぁぁ……」

みるみるうちにハイロードは、しわくちゃになっていく。

それにつれて悲鳴も弱々しくなった。

神の加護の影響下なので、ハイロードは変化して逃亡することもできない。

そろそろ灰になる頃だろう。そう俺は判断したのだが、そうはならなかった。

苦しそうに悲鳴を上げていたハイロード二匹が同時に黙ったのだ。

「やっと死んだでありますかね？」

そう言いながらシアは慎重に首と胴が離れたハイロードの様子を観察する。

いつでも斬りかかれるように油断なく剣を構えたままだ。

そのとき、突然ハイロードがゆっくりと消え始めた。

「え？　き、消えていくの？」

驚いたセルリスが念話ではなく声に出す。

ハイロードは半透明になりつつあった。どんどん存在が薄くなる。

俺がドレインタッチをかけていたハイロードだけではなく、首と胴体が離れたもう一匹の方もだ。

二匹同時に存在が薄くなっていく。あっという間に目で見ることが難しいぐらい薄くなる。

「コケッコッコオオオオオ！」

即座にゲルベルガさまが鳴いてくれるが、ハイロードが灰になることはなかった。

ということは、この変化は通常のヴァンパイアの霧化やコウモリ化とは別ものということだ。

「ガァウガウッ！」

俺が動く前にガルヴが飛び出す。

シアの側に倒れていた首と胴の離れたハイロードに襲いかかった。

その両前足の鋭い爪で胴体をがっちり摑み、転がる頭に牙《きば》で嚙《か》みつく。

「うがぁああ、この犬めがっ！　犬風情が我の身体に触れようなどと」

ハイロードが叫ぶ。

ガルヴに嚙みつかれたハイロードの姿は、はっきりと見えるようになっていた。

「ダークレイスか。セルリス！」

「わかったわ！」

俺が側にいたセルリスに呼びかけると、セルリスは素早くハイロードを剣で斬り刻《きざ》む。

「うがあぁああ。なぜ我に触れられる！」

俺のドレインタッチは継続中だ。

魔力を吸われたうえに斬り刻まれて、ハイロードは消滅していく。

姿を消したのではない。命が絶たれ文字通り消え去ったのだ。

「この剣は特別製なのよ」

セルリスはそう言って微笑んだ。

一方、ガルヴはまだハイロードに食らいついたままだ。

「ガウウウウウ！」

「離せ、野犬が！」

「ガルヴ、よくやったであります！」

ガルヴの押さえつけたハイロードにシアが剣で斬りかかる。

すると、シアの斬撃はハイロードにとって致命傷になった。

ハイロードは死滅していく。

「ガルヴ、よくやった。助かったよ」

「がう！」

嬉《うれ》しそうに尻尾《しっぽ》を振りながら、ガルヴが駆け寄ってきたので頭を撫《な》でた。

「……なるほど、ダークレイスだったでありますね」

シアがしみじみと言う。

ダークレイスは霊体だ。肉の身体を持っていない。だから、通常の武器は通用しないのだ。

だが、霊獣の狼であるガルヴの牙と爪はダークレイスに特効がある。

通常の物理攻撃の効かないダークレイスを押さえつけ切り裂けるだけではない。

ガルヴの爪で捕らえられるか牙で噛まれたダークレイスは消えることができなくなる。

だから、ガルヴに押さえられた状態で斬り刻まれると死滅するのだ。

『ロックさん。結局あいつはヴァンパイアだったの？　ダークレイスだったの？』

『恐らく身体を霊体化させたヴァンパイアといったところだろう』

『どういうことでありますか？』

『あいつらはアークの身体を霧に変えていただろう』

『そうでありますね』

『その技法を応用すれば、ヴァンパイアの身体をダークレイス状態にすることもできそうだろう？』

『そうなのかしら』

『完全に霧になったら意思がなくなる。それにゲルベルガさまの鳴き声で一撃だ』

『それはそうかもしれないけど』

『確かに、奴らにはゲルベルガさまの鳴き声が通用していなかったでありますね』

「ここぅ」

ゲルベルガさまが静かに鳴いた。

『恐らく諜報用《ちょうほうよう》に作られたのだと思うが……。詳しくはわからん』

『戦っていても、霊体だって気づかなかったわ』

『霊体とは思えないほど魔力が濃かったからな。気づけなくても仕方ないさ』

『反省でありますよ』

『それにシアもセルリスも持っているのが特殊な剣だからな。普通の剣ならすぐ気づいただろう』

ダークレイスには物理攻撃は通用しない。だから普通の剣で斬りかかっても、空ぶってしまう。

だが、シアの剣は第六位階と呼ばれたロードから奪った剣に俺が魔法をかけている。

そして、セルリスの剣は、ハイロードから奪った剣に俺が魔法をかけたものだ。

だから、ダークレイスにも通用するのだ。

当然、身体をダークレイス化させたヴァンパイアにも通用する。

『むしろ、あいつらの方が、剣で斬られて驚いただろうさ』

『敵を驚かせることができたのなら、それは小気味いいでありますが』

『死んでも何も残さないのね。そういうところは本当にダークレイスね』

ダークレイスは倒しても魔石も落とさない。

『強いのに倒しがいがないよな』

そんな雑談をしながら、俺は周囲を魔法で探索する。

他にもまだダークレイスが隠れているかもしれないと考えて、慎重に探索を進めた。

だが、どうやら周りには誰もいなさそうだった。それに盗聴機能のある魔道具もなさそうだ。

確認した後、セルリスたちに拘束された大使を魔法で新たに拘束し直す。

そして、眠りの雲《スリープクラウド》で眠らせて、ハイロードのいた部屋に放り込んだ。

部屋全体に防御魔法をかけておく。

「これでよしと。王宮に連絡してみるか」

俺は通話の腕輪を通して、ゴランとエリックたちに呼びかける。

「そちらはどうだ？」

『——ザザザ、ロッ——ザザ——まずい……——』

耳障《みみざわ》りな雑音に紛《まぎ》れて、ゴランの声が聞こえた。

「おい！　何かあったのか？」

『――ザザ――ザ……、魔法陣が起動……――』

「とりあえず向かう！」

俺は王宮目指して走り出した。

それと同時に通話が切れる。何らかの影響で、通話がつながりにくく、切断しやすくなっているようだ。

「何かあったらしい」

ゴランが何を言っているか、ほとんどわからなかった。

だが、何やらまずいことが起きているのは間違いなさそうだ。

走り出した俺にシアとセルリス、ガルヴがついてくる。

「魔法陣って聞こえたわね」

「ああ、聞こえたな」

王宮の霧を払った後。霧がすぐに復活した五つの場所の床には魔法陣が刻まれていた。

俺は魔神王の剣で斬りつけることで破壊し大使館に向かったのだ。

魔法陣の機能は不明なままである。

「もしかしたら……」

嫌な予感がする。確証はないが警戒すべき理由がある。

『ロックさん、何かわかったでありますか？』

『いや、確証はないがな。さっき、ハイロードが突然悲鳴をあげなくなっただろう?』

『そうね。確かにそうだったわ』

『そして、急に消え始めたであります』

『あのとき、神の加護が消えたんじゃないか?』

神の加護が消えたのならば、ハイロードが受ける苦痛も消える。

悲鳴を上げなくなった理由としてはわかりやすい。

そして、直後に消え始めた。

神の加護の苦しみの中でも、消えることができたのならばさっさと消えて逃げただろう。

つまり、あのとき突如として特殊能力を使えるようになったということ。

『神の加護の中では昏き者どもは力を使えないはずだろう』

『それはそうでありますね』

『でも、もしそうなら、どうして? 神の加護に穴をあけていた魔道具は破壊したのだし……』

魔道具を破壊したことで、実際に神の加護の穴は塞がったはずだった。

『何が起こっているでありますか』

シアが不安そうに呟く。

ふと空を見上げると、太陽が完全に沈んでいた。

太陽は沈んだとはいえ、まだ西の空は赤い。

その赤さが俺に血を連想させた。その赤がどんどん昏くなりつつあった。

第八章

俺《おれ》は走りながら、ニアたちに言う。

『はっきりとは言えないが、魔法陣の機能で神の加護が消えたのかもしれない』

『……そんなことって』

『普通なら考えにくいが、実際ハイロードたちが特殊能力を使えるようになっていたからな』

『最悪の事態を考えて行動するのは大切でありますからね！』

シアが力強く言った。

俺は走りながら空を見上げる。

ケーテ、ドルゴ、モルスが、昏竜《イビルドラゴン》と、いまだに戦っていた。

三人ともかなり体力を失い疲れ果てているに違いない。

「ケーテ、大丈夫か？」

俺はケーテに通話の腕輪で呼びかける。

『大丈夫である！』

「戦い続けているんだろう？　そろそろ限界じゃないのか？」

『我らは竜である。人族の体力とは、文字通り桁《けた》が違うのであるぞ』

「それならいいのだが」

『ロックさん。それに敵もそろそろ打ち止めのようです』

そう言ったのはドルゴだ。

「何頭倒しました？」

『五十ほど。増援が止まったので、今いる五頭を倒せば、そちらに援護に向かえます』

「ありがたい」

『あと少し待つがよい！』

ケーテたちの戦闘推移は順調なようだった。

上空との通話を終えると、俺はフィリーに通話をつなげる。

「そちらはどうだ？」

『……ザザ……ザザザ』

「フィリー？」

王宮にいるゴランにつなげたときのように通話の腕輪から雑音が聞こえてくる。

『――大丈夫だ！　ザザザ……そち……こそ……丈夫か？　ザザ』

だが、ゴランとの通話よりはまだましだった。

雑音がひどく聞き取りにくいが、まだ何を話しているのか理解できる。

「こちらも大丈夫だ。何かあれば何でも言ってくれ」

『ザザ……ああ……神の……護……ザザザ』

「フィリー？　よく聞こえない。もう一度言ってくれ」

『ザザザ……神の……護を……再生……。もう少し待……くれ』

そう言ってフィリーとの通話が切れる。

やはり、接続が不安定なようだ。

『フィリーは神の加護を再生させようとしているのかしら？』

話を聞いていたセルリスが言う。

もし、フィリーが神の加護を再生させようとしているのなら、昏き者どもには知られたくない。

だから、セルリスは念話を使っていた。

『かもしれない』

『そんなことができるのでありますか？』

『フィリーは天才だ。もしかしたらできるのかもしれない』

それに、今フィリーの側にはレフィがいる。

当代最強の治癒《ちゆ》術士にして、聖なる神の専門家だ。

もしかしたら、神の加護の再生もできるのかもしれない。

『もしフィリーがやってくれたらものすごく助かる。だが、俺たちは俺たちでやるべきことをやろう』

『そうね！』

「がう！」

ガルヴもやる気のようだった。

散歩のときにはしゃぎすぎて、帰り道で疲れて歩きたくないとゴネるガルヴとは思えない。

「ガルヴ、無理はするなよ」

「がーう」

少し走って、王宮が見える頃には、周囲は夜になっていた。

外から見ただけでは王宮に何か異変があるようには見えない。

先ほどのように霧がたちこめているわけでもない。

とりたてて騒がしいわけでもないのだ。

だが、魔法で探知すると異常だとわかる。

『中では激しい戦闘が繰り広げられているようだ』

『戦闘でありますか？』

『ああ、昏《くら》き者どもが大勢だ。ゴブリンなども含めれば数は六百を超えている。ヴァンパイアだけでも二百超えだ』

『そ、そんなに？　いくら神の加護がなくなったとしても……』

王宮は王都の最北にある。だから敵が攻めるとすれば北からだ。

ゆえに北側の防備は当然堅い。物理的に強固な城壁があり、深くて広い堀がある。

魔法的にもあらゆる防御が施されているのだ。

『北側から侵入するのは難しい。かといってそれ以外の場所からとなると……』

『王都を通って侵攻しないといけないでありますよね』

そうなれば、当然大騒ぎになる。俺たちが気づかないはずがない。

それに上空にはケーテたちがいるのだ。

六百を超える昏き者どもの侵攻があれば絶対に気づく。

『ダークレイスなら王都の民にもケーテにも気づかれないかも。でも、それだとゴブリンがいるのがおかしいわね』

『ゴブリンどもは転移魔法陣でありますか？』

『セルリスとシアの推測は恐らく正しい。まだ断言はできないが』

もしかしたら、王宮の五カ所に刻まれていた魔法陣は転移魔法陣の機能を持っていたのかもしれない。

だが、転移魔法陣ならば俺も描ける。見て気づかないはずがない。

転移魔法陣の効果が、魔法陣のおまけの効果に過ぎないのならば、俺が気づかないこともあり得る。

『厄介《やっかい》な話だ』

転移魔法陣は極《きわ》めて高度な魔法陣だ。

それをただのおまけの効果として備える魔法陣は、どれほど高度だというのだろうか。

昏き者どもは身体《からだ》の霧化といい、謎《なぞ》の魔法陣といい、魔法理論と技術で人族の上を行っている可能性が高くなってきた。

『ともかく潰《つぶ》してから考えよう』

『そうね！』

『任せるであります』

「がう！」

仲間たちが力強く返事をしてくれた。


俺たちは王宮の正門から中へと入る。

しばらく駆けると、昏き者どもが襲いかかってきた。

それはただのゴブリンだった。

「本当に大量にいるようでありますね！　駆け抜けるでありますよ」

「ゴブリンごときが、足止めできるなんて思わないことね！」

「ガウガガウ！」

言葉の通り、シアもセルリスもガルヴも走る速度を緩《ゆる》めない。

駆け抜けざまにゴブリンを倒して前へと進む。

途中、ゴブリンやヴァンパイアと戦う狼《おおかみ》の獣人族の護衛兵と出会った。

狼の獣人族の護衛兵は四人一組だ。

「ロックさん、このあたりの敵はお任せください」

俺に気づいた護衛兵が笑顔で言ってくる。

笑顔を浮かべるほどの余裕があるようだ。実際、彼らは優位に戦いを進めている。
「ありがとう。気をつけてくれ」
「はい！」
その後もたびたび、狼の獣人族の四人組とすれ違う。
みな、まだ余裕があるようだ。
王宮に入り込んだ昏き者どもは、数こそ多いが、ほとんどがゴブリン。
単体の戦闘力は弱い。
ヴァンパイアも数百いるが、レッサーこそいないものの、ほぼアークヴァンパイア。
狼の獣人族の警護兵四人組パーティーにとっては、与《くみ》しやすい相手と言える。
『相変わらず狼の獣人族は強いな』
『ほんとすごいわね』
俺の言葉にセルリスも同意する。
『彼らは一族の精鋭でありますからね』
シアは誇らしげに言った。
狼の獣人族は、シアやニアのように幼い頃から戦闘訓練を積んでいるのだ。
その精鋭なのだから、強力なのは当然と言える。
狼の獣人族の警護兵のおかげか、昏き者たちと出会う頻度《ひんど》が徐々《じょじょ》に減っていく。
それでもゴブリンは数が多いので何度も遭遇《そうぐう》した。

セルリスはゴブリンたちを、走りながら斬《き》り捨てていく。その剣には迷いがなかった。

『ゴランとエリックのもとに走るぞ』

『ロックさん、パパのいるところがわかるの？』

『霧がないからな。魔法で探せば簡単に見つかるんだ』

『あれ？　そういえば、霧がないのにどうして通話がつながりにくかったでありますかね？』

王宮がまだ霧に包まれていたとき、エリックたちは王宮の各所に指示を出そうとした。

だが、通じなかった。それは霧のせいだと考えられていた。

実際に霧を晴らしたら、王宮各所との通話も通じるようになった。

『霧以外に阻害《そがい》する何かがあるということだろうな』

『魔法陣の機能の一つかしら？』

『かもしれないな』

本当に厄介な魔法陣だ。

俺は脳内で五カ所に刻まれていた魔法陣全体の配置を思い出してみる。

五カ所を線でつなげば、五芒星《ごぼうせい》が作れそうだ。

五つの魔法陣は、まとめて一つの魔法陣だったと考えた方がよいのかもしれない。

一つの魔法陣だと考えて、改めて脳内で検証してみるが、よくわからなかった。

俺の知っている魔法理論とは異なっているのだ。

俺の知っているというより、人族の魔法理論とは根本的に違う。

いや、俺がこれまでに見た昏き者どもの魔法とも大きく異なっていた。

『もしかしたら、魔法陣を描いていたヴァンパイアたちですら、理解していないのかもしれないな』

『理解しなくても描けるものなのかしら？』

普通は無理だ。

『図形や絵、複雑な記号として、脳内に焼きつければ……』

それでも普通は難しい。理論を理解していなければ、線のわずかな長さや角度の意味がわからない。

だから、そっくりに描けたと思っていても、致命的なミスが発生したりする。

『魔法で脳内に焼きつけたのかもしれない』

『そんなことが可能でありますか？』

『眷属《けんぞく》や魅了された者に対する行動支配を応用したのかもしれないな』

『もしそうなら、高位のヴァンパイアがよく受け入れたでありますねぇ』

ヴァンパイアは下位の者だと扱われることを嫌う。

俺はそれを利用しての挑発を作戦に組み込んでいるほどだ。

そして眷属や魅了された者はヴァンパイアたちの中では最下層。

『眷属のようにロードに対して行動支配をかけられる奴《やつ》となると真祖《しんそ》でありますかね』

『かもしれないいな』

いくら格上でもハイロード程度の行動支配ならば、ロードは受け入れないだろう。

真祖はヴァンパイアたちからは「あの方」と呼ばれる絶対的な存在のようだった。

ロードを行動支配することも真祖ならば可能なのかもしれない。

『となると魔法陣自体、真祖が設計したのかもしれないよな』

邪神《じゃしん》の手によりヴァンパイアとなったのが真祖だ。

もしかしたら邪神から授《さず》けられた魔法理論に基づいて描かれた魔法陣なのかもしれない。


その後、少し走るとゴランとエリックの姿が見えた。

ゴランとエリックは広い中庭で、部下たちを指揮しているようだった。

そこは霧を晴らした後にすぐ再生した場所、つまり魔法陣の描かれている場所に近かった。

その中庭に狼の獣人族の警護兵が頻繁《ひんぱん》に出入りしている。

「おう、戻ったか。まずいことが起きた」

駆けつけた俺たちにゴランが言う。

「通話の腕輪からの音声が聞き取りにくくてな。改めて教えてくれ」

「わかっている」

「神の加護がまた消えてしまったのだ」

そう教えてくれたのはエリックだ。

「やはりか。大使館にあった穴を発生させる魔道具は破壊したんだが」

「二段構えだったってことだ。穴が塞《ふさ》がってしばらくしたら魔法陣が起動したのだ」

「冒険者ギルドの魔導士が言うには、神の加護が戻ることがトリガーになっていたのではないかって話だ」

「しかもだな。現状は穴があいたとかそういうレベルじゃない。消失してしまったのだ」

エリックはこの上なく苦い顔をしていた。

仕組みはともかく、神の加護が消えたのは間違いないようだった。

「ロック。魔法陣について何かわからないか？」

「最悪、理解できなくても破壊できればそれでいいんだが。何とかならねーか？」

「何ともならんし、理解もできていない」

「……そうなのか。ロックでもそうなのか」

エリックが呟《つぶや》く。

「ああ。役に立てずに、すまないな。そもそもだ――」

俺は簡単に説明する。

魔神王の剣で傷つけたのにもかかわらず魔法陣はその機能を発揮している。

つまり外側から傷つけたのに壊れなかったのだ。

そうなると、魔法陣は外側に見える部分だけではないということがわかる。

「魔法陣の真に重要な部分はこちらではない場所にあると考えた方がいい」

「こちらではない場所？」

「違う次元ということだ」

「……次元の狭間《はざま》か？」

俺が十年戦ったのが次元の狭間だ。

「もしくは、さらに向こう。邪神の次元かもしれない」

「……そいつは、厄介だな」

「ああ、厄介だ」

俺は邪神の手で直接ヴァンパイアになった真祖の手による邪神の魔法理論で作られた魔法陣ではないかと伝える。

「そういうことならば、ロックが理解できない魔法理論というのも納得だが……」

エリックはこの上なく暗い表情をしていた。

「エリック。今の問題は神の加護の再生方法だ。魔法理論は後回しでいい」

「その通りだが、そもそも再生方法がわかるのか？」

「魔法陣をもう一度調べてみる。時間はかかるが……」

「確かにそのぐらいしか方法はないか」

エリックは空を見上げる。

完全に日が沈み夜になっている。満月と満天の星が綺麗《きれい》だった。

「昏き者どもの討伐《とうばつ》は、俺たちに任せてくれ」

「ああ、王都に襲撃をかけている奴らには冒険者を総動員して対応している」

エリックとゴランの言葉が心強い。

「シア、セルリスもゴランの指揮下に入るといい。俺は今から魔法陣を解析する」

「了解であります」

「わかったわ！」

「いや、シアもセルリスもロックの護衛についてくれ。解析を邪魔されたら困る」

ゴランからの指示により、シアとセルリスは俺を護衛してくれることになった。

俺はシアとセルリス、ガルヴと一緒に地面に描かれた魔法陣の元へと移動する。

そして、魔法陣に直接触れて解析を始めた。

直接触れると、微弱な魔力が流れていることがわかる。

確かに魔法陣は起動し、効果を発揮しているようだ。

俺は流れている微弱な魔力の流れを読み取っていく。

「……難しいな」

俺は魔法の解析が得意中の得意と言っていい。

それでも難しかった。難解で容易には進まない。

だが、俺が解析し魔法陣の機能を止めなければ、王都は危険にさらされ続けるのだ。

解析を進める俺の耳に、通話の腕輪を通じてケーテの声が聞こえてきた。

『ガガ……昏竜……倒し……ガガ……のだ！　全部で五十五、ガガ……倒し……だ』

「見事だ。助かったぞ」

対応しているのはゴランだ。

先ほどケーテと話をしたときは雑音がなかった。

そのことから考えて、雑音の原因はやはりこちら側にあるのだろう。

フィリーとの通話も雑音がひどかったので、王宮周辺全体に魔法での長距離通話を阻害する何かがあるのだ。

『だが、魔物……ザザ……たくさ……ザザ、そっちを倒す、ザザザ……』

「はっきりとは聞こえないが、魔物がたくさんいるからそちらを倒してくれるのか？」

『そう……ザザ……ある。そっちに助けは……ザザザ、いるの……ザザ』

「こっちは大丈夫だ。任せてくれ」

『なら任……ザザ……た！』

上空のケーテたちはバラバラに飛び去った。

ケーテは北の方角に、ドルゴは南西に、モーリスは南東に向かって飛ぶ。

三方向に魔物の群れがいて、王都を失陥させんと向かってきているのだろう。

今、王都の外から魔物の群れに襲われたら、王都に大きな被害が出ることを防げない。

現状ですら王宮に入り込んだ大量のゴブリンとヴァンパイアへの対応にてこずっているのだ。

ケーテたちがいてくれて、本当によかった。

そんなことを考えながら、解析を進める。

「メインがこちらで、サブがこちらか」

魔法陣に流れる微弱な魔力が、いくつかの階層に分かれていることがわかった。

メインの機能とサブの機能で階層を分けて、実行しているようだ。

メインの方は流れが複雑すぎてよくわからない。だが、サブの一番単純なところがわかり始める。

一番単純な機能は長距離通話魔法の妨害だと見当をつけ、それを踏まえて解析するという手法がうまくいきそうだ。

それは、まるで未知の言語の意味を解明するような気の遠くなる作業である。

だが、一カ所でもわかれば、それを手がかりにして魔法陣の解析を進められるはずだ。

俺は、長距離通話魔法の阻害の仕組みを解明し、こちら側の世界から、魔法陣に的確に魔力を流し込む。

それによって、サブ機能の表層部分を破壊することができた。

解析さえ成功すれば、こちら側の世界からでも、次元の向こうに刻まれた魔法回路を破壊できる。

それがわかっただけでも、大きな進歩だ。

破壊を終えると、俺は先ほどまで雑音がひどかったフィリーへと呼びかける。

「フィリー。聞こえるか？」

『聞こえる。随分とよく聞こえるようになったじゃないか』

「よし。成功だ」

『何を成し遂げたのだ？』

俺は魔法陣の解析を進めながら、フィリーに現状を報告する。

『ほほう。それはさすが、ロックさんだな。ところでだ。聞きたいことがある』

「なんだ？　今解析に忙しいから、あまり丁寧《ていねい》には対応できないぞ」

そう言ったのだが、フィリーは気にした様子がない。

『今ロックさんが解析している魔法陣の構造なのだが――』

「それはだな――」

『となると、つまり――』

フィリーに説明することで、俺の理解も深まった。解析が加速していく。

しばらく会話した後、フィリーは言う。

『ロックさん。大変参考になった』

「何だ、もういいのか？」

『ああ。こちらも神の加護については何とかしようとしているのだ。おかげで一気に進みそうだ』

「それは心強い」

『こっちもがんばる。朝から始めていた爆弾の解析の理論が少し応用できそうだよ』

「ほう、それは興味深い」

『ああ、ロックさんもがんばってくれ』

「お互いがんばろう」

それでフィリーとの通話が終わる。

フィリーも神の加護を再生させようと、全力で作業を進めてくれているのだろう。

俺とフィリーのどちらが再生させても構わない。

達成のための手段は多ければ多いほど、速ければ速いほどいいのだ。

フィリーの言っていた爆弾の理論が応用できるかもというのも興味深い。

爆弾も魔法陣も恐らく両方真祖が作っている。

だから共通点があるのかもしれない。そう考えて解析を進めると、解析速度が少し上がる。

俺が解析を進める間、たびたび敵襲があった。

ゴブリンはさすがにここまで侵入してこない。だがヴァンパイアはやってくる。

それも、先ほど俺たちが倒したダークレイス型ヴァンパイアだ。

ダークレイス状態で移動しているときは、狼の獣人族でも視認できない。音も臭《にお》いもないので気づけないのだ。

だが、ここまでやってきたダークレイスタイプのヴァンパイアは、ガルヴに察知されシアとセルリスに即座に斬り捨てられていた。

ガルヴにはダークレイスがわかるのだ。

見つけ次第、吠《ほ》えるので、どのあたりにいるのかシアたちにはすぐにわかる。

それに、ダークレイス状態のヴァンパイアは攻撃する直前に魔力が大きく動く。

それを察知して、セルリスとシアは斬り捨てているらしい。見事な腕前だ。

「やるじゃねーか」

「た、たいしたことじゃないわ。アークだし」

ゴランに褒《ほ》められて、セルリスは照れている。

ダークレイス型ヴァンパイアは、指揮を執るエリックでもゴランでもなく俺の方に襲いかかろうとしている。

だから俺を護衛しているシア、セルリス、ガルヴに狩られることになるのだが。

ちなみに周囲にいた狼の獣人族の警護兵たちは各地に走っていった。

通話の腕輪の機能が戻ったことで、人を伝令に使わなくてもよくなったのだ。

警護兵たちは、みな一流の戦士なので、伝令に使うよりも敵の討伐に向かわせた方がいいという判断だろう。

『……俺を狙《ねら》ってきてるな』

解析しながら俺はゴラン、エリック、シア、セルリスに念話で話しかける。

一応、ゲルベルガさまとガルヴにも聞こえるようにしておいた。

『ああ、奴らにとってどうしても阻止《そし》したいことなんだろうさ』

ゴランが冒険者たちに指示をしながら言った。

『それはいい情報だな』

敵の嫌がることができているのならば、俺の行動は大きくは間違っていないはずだ。

解析が四割ほど進むと、魔法陣の機能が少しずつ見えてきた。

すでに破壊した長距離通話の魔法を妨害する機能の下に、神の加護を打ち消す機能を司《つかさど》る層があった。
『……神の加護を打ち消すのがメインの機能ではないようだ』
『何だって？　じゃあメインの機能は何だってんだ？』
ゴランが驚いているようだ。
『まだわからない』
『邪神の加護を発動させるのがメインではないのか？』
そう尋ねてきたのはエリックだ。
『かもしれない。まだはっきりとは言えないがな』
『……もしそうなら最悪だな』
ゴランの言う通りだ。
先刻までは、神の加護に穴をあけられていた。
それによって王都の一部、王宮付近が神の加護から守られず無防備な状態になった。
それだけでも大変な事態である。
だが今は、神の加護に穴をあけられているどころではない。
この魔法陣によって神の加護そのものが打ち消されている。
無防備になっているのは王都全体だ。
『最悪、王都全体が邪神の加護の中に入るってことかしら？』
『最悪ならな』

俺がそう答えると、セルリスは顔をしかめる。
邪神の加護に王都が覆《おお》われれば、王都の民の体調は悪くなるだろう。
そして強力な冒険者や魔導士などは苦痛のあまり動けなくなる。
エリック直属の警護兵である狼の獣人族も動けなくなるだろう。
王都は加護も失い、守る者も失って、昏き者どもに蹂躙《じゅうりん》されることになる。
『急がねばなるまい』
そして俺は現状わかったことを、通話の腕輪でフィリーに報告する。
天才だけあって、フィリーは簡単に説明するだけで理解してくれた。
報告が終わると、俺は再び解析に集中する。
その間、どんどん敵が襲ってきた。徐々に敵の質も上がっているように見えた。
だが、シア、セルリス、ガルヴが守ってくれている。
俺が敵に構わず解析に集中していると、
「調子はどうであるか？」
上空からケーテの声が聞こえてきた。
巨大な竜であるケーテが楽に降りられるほど、王宮の中庭は広い。
「ケーテ、お疲れさま。こっちは苦戦中だ。そっちは？」
俺は解析しながら、ケーテに尋ねる。
「我の担当分の敵はブレスで全滅させてきたのだ」

「そうか。それは素晴らしい」

「とうちゃんとモーリスは、まだ戦っているのだ。だけど、とうちゃんが王宮の方に加勢に行けって」

周囲の敵はドルゴとモーリスで充分に掃討《そうとう》できる状況なのだろう。

そんなケーテに向けてゴランが言う。

「ケーテ、早速で悪いんだが、手伝ってほしいことがあってだな」

ずっとゴランとエリックは忙しく指示を出し続けていた。

猫の手でも借りたい状況なのだろう。

強力無比な竜の手ならば、文字通り百人力以上のはずだ。

「何であるか？」

ケーテがゴランの方にのしのし歩いていく。

「待ってくれ。ケーテ、ゴラン」

だが、俺は二人に呼びかけた。

「どうした？　ロック」

「どうしたのであるか？」

「すまん。ケーテにはこっちを手伝ってほしい」

「わかった。ケーテ、ロックを手伝ってやってくれ」

「わかったのである」

二人には申し訳ないが、今は解析が優先だ。ケーテは俺の方に歩いて戻ってきた。

『ケーテ。この魔法陣の解析を手伝ってくれ』

『わかったのだ。……それにしても難しい魔法陣であるな』

ケーテは魔法陣を見て、難しそうな表情を浮かべる。

竜形態なので、表情はわかりにくいが、声音《こわね》がそんな感じだ。

『これまでにわかったことを説明しよう』

俺は解析を進めながら、ケーテに今まで判明したことを伝えていく。

竜族は人族より一般的に魔法や錬金の技術水準が高い。

そしてケーテは風竜王。風竜は竜族の中でも錬金術に秀《ひい》でた種族なのだ。

神の加護や邪神の加護に関する魔道具には魔法技術だけでなく錬金術の技法も使われている。

魔法陣の解析に、ケーテの力を借りられるならば、心強い。

『——というところまでは解析した』

『なるほどなるほどー』

俺の説明が終わると、ケーテはうんうんと頷《うなず》いた。

その後は、俺は竜形態のケーテと一緒に解析を進める。

五分後、ケーテが目を見開いた。

「……ロック。これって」

ケーテは驚きすぎたのか、念話ではなく声に出している。

『ああ。俺も気がついた。邪神の加護だけじゃないな』

昏き者どもの最終目的は恐らく、いやほぼ確実に邪神の顕現《けんげん》だ。

現状、神の加護は取り除かれた。そして王都の民を虐殺《ぎゃくさつ》し生贄《いけにえ》にするために、昏き者どもが押し寄せつつある。

それは、ドルゴやモーリスが防いでくれている。

だが、昏き者どもの策はそれだけではないと俺たちは予想していた。

邪神の加護で王都を包めば、ヴァンパイアどもによって王都の民が虐殺されるのを防ぐのは難しくなる。

その状況に陥《おちい》ることを、俺たちは最悪だと考えていた。

しかし、この魔法陣は、俺たちの予想を超えて最悪だった。

『邪神の加護に包まれるだけでも最悪なのに！　これは次元の狭間を開く魔法陣ではないか！』

そのケーテの念話を聞いていたエリックとゴランが、こちらを真剣な表情で凝視《ぎょうし》する。

次元の狭間は俺が十年戦った場所だ。その場所を通って魔神たちはやってくる。

そして魔神とは邪神に仕える亜神《あしん》に過ぎない。

『次元の狭間を開いて、呼び出した魔神を使って王都の民を殺し邪神を顕現させる。といったところか？』

邪神を完全な形で、この世界に顕現させることができれば、世界は昏き者どもの手に落ちる。

この魔法陣を最初見たとき、転移魔法陣に少し似ていると思ったはずだ。

転移魔法陣も、次元の狭間を開く魔法陣も、ともに異なる場所をつなぐものだ。

次元の狭間の方は場所が違うだけでなく、次元すら違うのだが。

『本当か？　ロック、本当なのか？』

エリックが珍しく慌てていた。

改めて頭の中で魔法陣を検算する。

『完全に解析が終わってはいないが、次元の狭間を開けそうだな』

『やばいじゃねーか！　何とかならねーのか？』

『全力で急いで、何とか――』

俺の言葉の途中で、

――キイイイイイン

という耳障《みみざわ》りな音が響いた。

「つううううゥゥ」

みんなが一斉に呻《うめ》く。シアとセルリスがよろめいて倒れかけた。

俺自身強烈な頭痛に襲われる、吐き気がひどく、身体から力が抜けていく。

俺が解析していた魔法陣が鈍《にぶ》く光っていた。

ついに邪神の加護が発動したのだ。邪神の加護は王都を包んでいるはずである。

俺は、駄目元で魔神王の剣で魔法陣を斬りつけた。

だが、やはり魔法陣の輝きは変わらない。邪神の加護の効果も収まらない。

「解析して破壊しないと駄目なのである！」

そう叫びながら、ケーテは苦痛に耐えて魔法陣の解析を進めようとする。

俺はフィリーに通話の腕輪を通じて呼びかけた。

「フィリー。魔法陣には次元の狭間を開く機能があった」

邪神の加護に包まれていることは、フィリーも気がついているだろう。

だから説明は省略する。

『……そうか。がんばろう』

邪神の加護の影響下にいるフィリーも苦しそうだ。

言葉を使って相談する余裕は互いにない。それだけで通話が終わる。

そのとき血のように真っ赤《まっか》な満月が目に入った。その満月がゆっくりとかけ始める。

「……月食なのか？」

俺は天文学者ではないので、今日が月食の日なのか、魔法陣の影響でそう見えているのかわからない。

王宮の上空に、月の欠けた部分と、そっくりな形の光が現れる。

上空の光は平面的ではなく立体的だ。

周囲に立ちこめる非常に濃い魔素が光に向かって収束していく。

月が欠けるにつれて光は大きくなっていき、月が完全に消えると、王宮上空の光は真球となった。

「……次元の狭間の入り口が開きやがった」

ゴランが苦痛に耐えながら、呻くように言った。

第九章

ゴランの言う通り、輝く真球は明らかに次元の狭間《はざま》の入り口だ。

放《ほう》っておけば魔神どもが押し寄せるはずだ。

邪神《じゃしん》の加護の下、魔神たちと戦うのは非常に厳《きび》しい。

王都の民がどれだけ死ぬかわからない。

「ゲルベルガさま！」

ゲルベルガさまの鳴き声には次元の狭間の入り口を閉じる効果がある。

実際に試したことはないが、そう聞いている。

「コ――」

邪神の加護の中、強烈な苦痛を感じながら、ゲルベルガさまは鳴こうとした。

だが、ゲルベルガさまが鳴くより先に、輝く真球が強く光る。

瞬時に周囲の景色が変わった。

「ケコッコオオオオオオ！」

ゲルベルガさまの鳴き声がむなしく響いていった。

俺《おれ》たちは少し赤っぽい岩のようなただただ広い洞窟《どうくつ》のような場所にいた。

そしてその広い洞窟は、地形を次々に変化させながら広がり続けていた。

「ここはどこなの？」

セルリスの声が響く。

「……次元の狭間だ」

俺がそう言うと、シアもセルリスも目を丸くして驚いた。

ほんの少しだけゲルベルガさまの鳴き声が間に合わなかったようだ。

周囲にいるのはシア、セルリスにガルヴにゲルベルガさまだけではない。エリック、ゴラン、ケーテもいる。

エリックは俺に近寄ってくると、

「ロック。どういうことか、わかるか？」

「わからん。が、推測はできる」

次元の狭間の入り口である真球が超高速で膨張し、その直下にいた俺たちを巻き込んだのだ。

「そんな勢いよく膨張したのなら、はじかれたりしねーのか？」

「次元の狭間の入り口ってのは、そもそも物質じゃないからな」

「ふむ？」

「簡単に言うと、この世界自体が変わりつつある」

真球に飲み込まれた場所は、次元の狭間になった。

このまま進めば、恐らく邪神たちのいる次元に変化するのだろう。

そして真球自体はどんどん膨張し続けるのだ。

「邪神をこちらに呼び出すのではなく、俺たちの世界をまるごと邪神の支配する次元にしようということだ」

「やべーのである。昏《くら》き者ども、本気なのであるか？」

「そもそも、そんな大がかりな術式に、どうして気づかなかったんだ？　ありえねーだろ」

「十年単位でしかけていたんだろうが、隠しきったのは敵ながら見事と言わざるを得まい」

「エリック。何感心してんだ」

「すまぬ。だが、どうする？　ロック、いや。ラック。何かないか？」

この場には俺の正体を知っている者しかいない。

隠す必要もないし、次元の狭間ならばロックではなくラックの方がしっくりくる。

「まあ、俺は専門家だからな。ここで十年過ごしたわけだし」

「確かにラック以上の専門家はいねーだろうさ」

「次元の狭間を膨張させるなんて無茶がすぎる。よほど膨大な魔力を注ぎ込み続けなければならない」

「だろうな」

「次元の狭間の内部でこの場所を膨張させ続けている存在がいるはずだ。そいつを殺せば……」

「膨張は止まるということか」

「恐らくな。それに気づいているか？　邪神の加護がなくなっただろう？」

「……そういえばそうだな。苦痛がない」

「神の加護を排除して、邪神の加護で空間を満たすことが次元の狭間を展開する条件だったのだろう」

邪神の加護で覆《おお》われていない場所を、次元の狭間は飲み込めないはずだ。

「邪神の加護は王都に拡がっていただろう？　王都が飲まれてしまっては大変なことだ」

施政者であるエリックの懸念《けねん》はわかる。

「だが、邪神の加護にも濃度がある。濃いほど飲み込みやすいはずだ」

「今は、我らのいた特に濃い部分が飲み込まれただけであるな？」

「そのはずだ。それに次元の狭間の入り口ができたとき、魔素が急激に吸い込まれていただろう？」

「確かに、そうだったのだ」

「霧はゲルベルガさまの鳴き声で、ただの魔素に変わったんだ」

「魔素の濃い状態を作り出すというのも、下準備の一つだったということであるな」

「恐らくはな。とりあえず、今は魔力を使ってこの空間を膨張させている奴《やつ》を止めることが先決だ」

次元の狭間の出現も、膨張も不自然極《きわ》まりない現象。元々無理のある状態なのだ。

その無理を可能にするために、邪神の加護と非常に濃い魔素が必要だった。

そして、それだけでは充分ではない。

膨大な魔力を使って、何者かが内部から無理矢理膨張させているはずだ。

そいつを止めれば、自然な状態に戻り始めるはずである。

つまり次元の狭間の膨張は止まり消失に向かうに違いない。

「それに、フィリーが外でがんばってくれているからな」

神の加護が復活したら次元の狭間の膨張を外側からも押さえつけてくれるだろう。

そのとき、俺は次元の狭間の奥の方から昏き魔力があふれ出してくるのを感じた。

「……魔神か。懐かしいな。十年ぶりか」

そういって、エリックは聖剣を抜く。

「俺たちにとってはな。だが、ラックにとっては、魔神と戦ったのはつい最近だろう？」

「色々あったからな。俺も少し懐かしいよ」

俺たちがそんなことを話している間にも魔神の群れはこちらに向かってきている。

魔神の数は百匹を超えていた。

魔神の群れを睨《にら》みつけていたケーテが叫ぶ。

「何を和《なご》んでいるのだ！　あいつらの後方にもっと強そうな魔力を感じるのである！」

魔神が入り込んだときの次元の揺らぎによって、その強大な魔力の存在に気づくことができた。

「ああ、恐らく後方にいる強そうな奴が次元の狭間を膨張させている犯人だろうな」

「魔神の群れをかき分けて、倒しにいくしかないのである」

「そうだな。倒すとするか」

そして俺たちは魔神の群れに向けて走り始めた。

魔神の群れと対峙《たいじ》してもエリック、ゴランだけでなく、セルリスとシア、ガルヴも怯《おび》える様子がない。

ケーテは竜形態のまま、先陣を切って突っ込んでいく。

「我が吹き飛ばすのである！　あまりは任せたのだ」

「ほほう、随分と自信がありそうじゃねーか」

そう言ったゴランの方を、ケーテは一瞬見た。

「当たり前である！　我は風竜王なのだ。ラック、頼んだのである！」

俺は「何を頼まれたのだろうか？」と思ったが、すぐに理解した。

ケーテは魔神の群れに向けて、口から暴風のブレスを吐く。

――GGAAA
十数体の魔神が吹き飛んでいく。魔神は飛ばされるだけでなく身体《からだ》ごとバラバラになっている。

そしてケーテの強力なブレスの余波が、こちら側にも吹き荒れた。

その余波を俺は障壁を張ってカバーする。先ほど頼まれたのはこのことだったのだろう。

「ケーテ、本当にすごいわね」

「むふふ」

セルリスに褒《ほ》められたケーテは嬉《うれ》しそうにブレスで隊列の乱れた魔神の群れに突っ込んでいった。

牙《きば》を、爪《つめ》を、尻尾《しっぽ》を使って、魔神を倒す。

エリックとゴランも次々と魔神を斬《き》り捨てていった。

魔神はヴァンパイアロードよりも強い存在だ。それでもケーテやエリック、ゴランの敵ではない。

シアとセルリス、そしてガルヴは三者で連携して、魔神を倒していく。

俺も魔法で魔神の頭を吹き飛ばし、魔神王の剣で魔神を斬り裂いて、奥へと進んでいった。

「エリックもゴランも、やっぱり十年前より強くなったんじゃないか？」

「当たり前だろう」

「ああ、俺たちだって十年何もしてなかったわけじゃねーんだ」

エリックとゴランも、十年前より鮮やかに敵を倒している。

「シアとセルリスも、出会ったときと比べて格段に強くなったな」

「ラックさんのご指導の賜物《たまもの》でありますよ！」

「そうかしら？　それなら嬉しいのだけど」

「ガルヴも強くなった」

「ガウ！」

「我は？」

「ケーテも強くなったと思うぞ」

ケーテは出会ったときから強かった。だが、さらに強くなったと感じる。

俺たちは順調に魔神の群れを討伐《とうばつ》しながら前進していった。

七割程度の魔神を倒した頃、魔神より強力な昏き者の気配が近づいてくるのを感じた。

「何者であるか？」

魔神出現時に感じた、次元の狭間を膨張させているであろう昏き者よりは弱そうだ。

それでもハイロードよりもずっと強い。

「……魔神王か」

エリックが目の前の魔神を斬り捨てながら呟《つぶや》く。

「この前殺したばかりなんだがな」

魔神王は十年前にエリックとゴランと一緒に殺した。

その後十年間、次元の狭間で戦った後、もう一度俺が殺した。

魔神王という存在は、定期的に生まれるのだろう。とはいえ、間隔が短すぎる気もする。

今回の作戦のために復活を早めたのかもしれない。

「三度目の正直って奴だな。ここは俺に任せて――」

「ラック。ここは俺に任せて先に行けっていうのはなしだ」

「ああ。むしろ、ここは俺たちに任せて、ラックは先に行け」

「そうであります！　次元の狭間を膨張させている奴を止めるにはラックさんの力が必要でありますからね」

「雑魚《ざこ》は任せて！」

「魔神王との魔法戦は我に任せるのである」

「なら、任せる。なるべく早く追ってきてくれ」

「ああ、任せてくれ」

俺は魔神王をエリックたちに任せると、先に進む。ガルヴは俺についてきた。

後方では、エリックたちと魔神王の戦いが始まった。

魔神王は灼熱《しゃくねつ》の炎を周囲にばらまく。距離のある俺まで熱さを感じるほどだ。

「甘いのである！」

ケーテが暴風ブレスで炎を押し返す。

そこにエリックとゴランが斬りかかっていく。

魔神王はエリック、ゴランの二人がかりの連携した斬撃《ざんげき》を、剣で凌《しの》いでいく。

エリック、ゴランを同時に相手にできるほど魔神王の剣速は異常に速い。

「……あれは魔神王の剣ではないな」

魔神王は剣を振るっている。だが、俺の持っている魔神王の剣とは別物だった。

魔神将《まじんしょう》の持っていた剣に似ている。俺がドレインソードと名づけた剣だ。

——GOOOOAAAAAA
魔神王が咆哮《ほうこう》する。

「それにしても強いな」

魔神王が、ではない。仲間たちが強かった。

エリックとゴランが魔神王の物理攻撃を完封している。

そして、シアとセルリスが隙《すき》を見て、魔神王に斬りかかる。

魔神王の身体は障壁に覆われている。だが仲間たちの斬撃は障壁ごと身体を斬り裂いていた。

そして、灼熱の炎をエリックとゴランは剣で払う。

シアとセルリスに向かって放たれた灼熱の炎はケーテが障壁を張って防ぐ。

「ケーテありがとう！」

「助かったであります」

「魔法防御は我に任せるのだ」

「さすが、ケーテね」

「我は、ラックがやっていたことをずっと見てきたのであるからなー」

ケーテと一緒に何度も戦った。そのときに俺は何度も味方を守るために魔法障壁を張ってきた。

それを見て学んでくれたのだろう。

ケーテは超一流の魔導士である。安心して任せられる。


俺は安心して走り、次元の狭間を膨張させている昏き魔力の持ち主のもとに到着した。

その魔力の持ち主は、姿を隠している。

だが、魔力を発散させて次元の狭間を膨張させているのだ。魔力は隠せない。

「姿を現せ。それだけ魔力を垂れ流して、隠れる意味もないだろう？」

「ふふ。それもそうだな。猿の大賢者よ」

魔力の持ち主が姿を現す。

「しつこい奴だ。その顔、いい加減見飽きたぞ」

「そう言ってくれるな」

それは昨日殺し、さらに先ほど殺したばかりの真祖《しんそ》だった。

先ほどよりも、そして昨日よりも、今の真祖の方が圧倒的に魔力が高い。

「なるほど。お前が本体か」

「ほう？　猿とはいえ、賢者と呼ばれるだけのことはある。もう気づいたか」

昨日も先ほども、真祖は死んだわけではなかったらしい。

元々、俺たちの世界に現れた真祖は影のようなものだったのだ。

先ほど倒した真祖は、王宮に刻まれた魔法陣の下層から魔力を受け取っていた。

その魔力の元は次元の狭間に隠れていた真祖の本体だったのだろう。

「本体は安全な次元の狭間にずっと隠れていたってことか？」

先ほど倒した真祖の影の動く仕組みが傀儡《マリオネット》人形の魔法に似ていると思ったはずだ。

今まで倒した真祖の影は操《あやつ》られた人形に過ぎなかったのだ。

随分と精巧な人形を使うものだ。完全にだまされていた。

「とはいえ我の住《す》み処《か》はさらに向こう側。偉大なる神の次元だ」

こちらの世界に介入するときだけ、次元の狭間にやってきていたのかもしれない。

「お前が向こう側からこちらの世界に介入し続けていたのか？」

「我はそのようなことをしたくはないのだがな」

そして、真祖は遠くで戦っている魔神王とエリックたちを見る。

今いる場所は、ケーテが暴《あば》れられるぐらい広くて天井《てんじょう》が高い洞窟のような場所。

勾配《こうばい》は緩《ゆる》く、遠くまで見ることができるのだ。

「猿の大賢者。お前が魔神王を殺しただろう？　おかげで我が出張る羽目になったのだ」

「それはそれは」

「魔神は神の尖兵《せんぺい》に過ぎぬ。魔神王は尖兵を率いる将に過ぎぬ」

「そうらしいな」

「だが、我は違う。我は神の手によりヴァンパイアとなった神の御子《みこ》である」

「随分と不出来な子だな？　さぞかし邪神も嘆《なげ》いていることだろうさ」

「…………否定《ひてい》はせぬ」

煽《あお》ったのに、真祖は素直に認めた。

「猿に、いや特にお前に、いいようにやられていたのだ。不出来と言われても当然だ」

しんみりと真祖が呟いていると思ったら、俺の真下から魔法の槍《マジックランス》が何本も突き出てきた。

それを俺は飛び退《の》いてかわす。かわして着地したところに、黒い光線が飛んでくる。

邪神の魔法だ。それを俺は魔法障壁で防ぎきった。

「偉大なる、父なる神のために、お前は殺す」

「そうか。俺は、俺たちの次元のために、自分のためにお前を殺す」

もはや言葉は必要ない。

陰謀を阻止《そし》するとかそういったレベルの段階ではないのだ。

俺たちが負ければ、世界が邪神のものになる。俺たちが勝てばそれを防げる。

そういう単純な状況だ。

「……本来、単純なのは嫌いじゃないんだがな」

責任重大すぎて嫌になる。

俺は魔法を撃ち込み、魔神王の剣を振るった。

俺のさらに後方でガルヴは隙をうかがっている。真祖の攻撃が飛んでいくと、素早くかわす。

だが、ガルヴは隙を見つけられないらしく、攻撃に転じることができていなかった。

真祖は俺めがけて邪神の魔法を使い、鋭い爪で攻撃をしかけてくる。

俺を倒すことに集中しているあまり、次元の狭間を膨張させる魔力の流れが止まっている。

それに伴い次元の狭間の地形変化も止まった。

俺たちの世界でも次元の狭間の膨張は止まっているに違いない。

「我が分身を随分と可愛《かわい》がってくれたみたいじゃないか」

「本体も可愛がってやろうじゃないか。感謝しろ」

挑発にも乗らず、真祖は冷静に攻撃を繰り出しながら言う。

「分身の経験したことは、我も経験しているのだ」

「じゃあ俺に殺されるのも、これで三度目だな」

「幸いなことに三度目はない。お前の戦い方は完全に見抜いているからな」

そう言いながら、真祖は俺の振るった魔神王の剣を左手で受け止めた。

俺はすかさず右手を繰り出し、真祖に触れてドレインタッチを発動させる。

「だから見抜いていると言っている」

真祖は勝ち誇った表情で笑う。

ドレインタッチは発動した。だが、魔力はまったく吸えなかった。

「数多《あまた》のヴァンパイアどもを屠《ほふ》り、あまつさえ我が分身まで屠ったその技だが、当然我には通用しない」

「ほう。コツでもあるのか？」

「それは元々、神の尖兵に過ぎない魔神将の技だろう？　神の御子たる我に通じるはずがない」

その後も魔力弾で意識をそらした後でドレインタッチを発動してみたが、通じなかった。

どうやら本当に通じないらしい。

一方で、真祖は魔神王の剣は食らわないようにしている。防御が堅すぎるのだ。

恐らく魔神王の剣は通じる。

真祖は魔神王の剣を手に入れたがっている気配があった。

自分を傷つけることができる数少ない手段ならば、手に入れたくもなるだろう。

だが、魔神王の剣が真祖に通じるとしても、真祖が本気で防御している中をかいくぐり剣を当てるのは難しい。

「ラック。諦《あきら》めて我が眷属《けんぞく》になるがよい。お前ならばハイロードにもなれるであろう」

「コウモリの仲間になるなど、あり得ない話だ」

「そうか。ならば死ぬがよい」

真祖の攻撃が激しくなった。
俺も真祖の攻撃を防ぎながら魔法で攻撃する。
「だから通じぬと言っている！」
魔力弾《マジック・バレット》、魔法の矢《マジックアロー》、魔法の槍《マジックランス》。
火球《ファイアーボール》、氷槍《アイシクル・ランス》、水刃《アクア・ブレード》、雷撃《サンダーストライク》。
純粋魔力の魔法も含めて、各属性魔法を、俺は次々に真祖にぶつける。
しかしどの魔法がまともに入っても、真祖にはダメージが入っていないようだった。
今となっては真祖は俺の魔法攻撃をまともに受け続けていた。
魔法攻撃は迎撃もしなければ障壁も張らない。
回避するのは魔神王の剣による攻撃だけだ。
「お前の攻撃は通じない。そう言ったはずだな。諦めたらどうだ？」
「俺は諦めの悪さに定評があるんだ」
真祖には見せていない魔法。
そして、俺が使えるとは真祖が思っていない魔法でなければ通じないのかもしれない。
ならば試す魔法は限られてくる。
俺は一瞬だけ隙を作った。
すかさず真祖が爪《つめ》で俺の心臓を抉《えぐ》ろうと右手を繰り出した。
真祖の右手が俺に触れた瞬間、はじけ飛んだ。

「な、何！」

慌てる真祖の声が心地よい。

シアと一緒に初めて倒したハイロードからラーニングした攻性防壁だ。

その威力を極限まで高めている。

まさか俺が昏き者の魔法を使ってくるとは、真祖は思っていなかったのだろう。

「ついでにこれもやろう」

俺は邪神の頭部からラーニングした暗黒光線《ダーク・レイ》を真祖にぶち込む。

まっすぐ伸びる光が真祖の身体を貫き後方へとそのまま貫通《かんつう》していく。

「お前！　神の御業《みわざ》を……」

真祖は怒りと驚きの混じった声を上げる。

頭部だけとはいえ、邪神からラーニングした魔法だ。

昏き者どもにとっては特別の意味を持つのだろう。

そして、一撃を入れただけでは俺は止まらない。

間合いを一気に詰めると、暗黒光線で真祖にあけた穴に右手を突っ込む。

「これを食らえ！」

「だからドレインタッチは我には――」

真祖は俺が得意とするドレインタッチを繰り出すと思ったようだ。

だが、発動させたのはドレインタッチではなく、ダークレイスからラーニングした黒き炎《ダーク・フレイム》だ。

真っ黒な炎が真祖の体内で燃える。

「身体の芯《しん》から温まるだろう？」

「赦《ゆる》さぬ！」

怒り狂った真祖は、俺の首を切り裂こうと左手を伸ばす。

「馬鹿《ばか》なのか？」

真祖の左手は攻性防壁によって、派手に弾けた。

動転し冷静さを失えば、真祖も与《くみ》しやすい相手に成り下がる。

俺は暗黒光線を真祖の顔面にめがけて放つ。

真祖がそれをかわし、仰《の》け反《ぞ》ったところに、魔神王の剣を振り下ろす。

「うぎゃっ」

変な声を上げて、真祖の胴体が真っ二つになる。

さらに俺は魔神王の剣で首を刎《は》ね、頭を割った。

「これぐらいじゃ死なないよな。お前は」

「……当たり前だ」

「だろうな」

俺は真祖の心臓あたりに手を触れて、改めてドレインタッチを発動させる。

「ぐがあああ」

きちんと魔力を吸うことができた。

ドレインタッチが効かなかったのは、特殊な障壁を身体にまとっていたからだろう。

俺のドレインタッチの魔力の流れなどを分析して対応した障壁なのだ。

加えて、俺の使いそうな魔法すら防ぎきる障壁だ。

優れた魔法理論に基づいた、恐ろしいほどの魔法制御の精度が必要だろう。

だから胴体を切断し、首を刎ね、頭を割ったことで、特殊な障壁を維持できなくなったのだ。

俺はドレインタッチで真祖の魔力を吸い上げていく。

俺が触れている真祖の身体は、ゆっくりと灰へと変わっていった。

真祖はもう動かない。動けないのだ。

「……化け物が」

ドレインタッチで真祖から魔力を吸いながら、俺は思わず呟いた。

いくら吸っても真祖の魔力が一向になくならない。

触れている胴体上部は灰へとゆっくり変わっていくが、斬り落した頭は灰へと変わらない。

首を刎ねた上で、二つに割った頭は、再生していない。

土気色《つちけいろ》になって、ピクリとも動かないし、魔力の流れも感じない。

だが、灰にはならなかった。俺のドレインタッチでは、魔力を吸い切れていないのだ。

次元の狭間を膨張させるほどの魔力だ。大量なのは当たり前なのかもしれない。

諦めずに吸いあげ続けていると、

「終わったのか？」

後ろからエリックに声をかけられた。

見てみると、エリック、ゴラン、セルリス、シアに、ケーテがいた。

ゴランは、これまで持っていた魔法の剣に加えて、魔神王の持っていた剣も持っていた。

「今仕上げをしているところだ。そっちも随分と早かったな」

「魔神王とはいえ、こっちは五人がかり。終わらせるのは難しくねーさ」

エリックたちは、魔神王を討伐し追いかけてきてくれたのだ。

「すぐに行くって言っただろう？　とはいえ、ラックの方が早かったな」

「まだ終わってない。魔力を吸っても吸ってもなくならないんだ」

今となっては俺の魔力は全快しているので、吸い取った魔力をそのまま周囲に魔素として垂れ流していた。

「……それは恐ろしい話だな」

「おかげで俺の魔力は全快し、負ったすべての傷も癒《い》えた。もう一回戦えそうだ――」

「ガウ！」

俺が軽口を叩こうとした瞬間、ガルヴが大きな声で吠《ほ》えた。

「どうした？」

二つに切断した真祖の頭が、ゆっくりドロドロと溶け始めた。

「やっと死んだのかしら」

「違うのである。灰になってないのだ。何かするつもりなのである！」

セルリスの問いにケーテがそう答えると、ガルヴがどろどろに溶けかけた頭に爪を突き立て牙で嚙《か》みついた。

第十章

ガルヴの爪《つめ》と牙《きば》を食らった部分、そこの変化が止まる。

だが、ガルヴの爪と牙を食らった部分以外が急速に膨張し始めた。

「どういうことでありますか？」

シアが少し慌てた様子で叫ぶ。

膨張した真祖の頭は成人男性の身長よりも大きくなった。

緑色で目が三つあり、髪の代わりに十数本の太い触手《しょくしゅ》が生《は》えている。

その禍々《まがまが》しく異様な姿に、俺《おれ》は見覚えがあった。

「……邪神《じゃしん》の頭部か」

俺はドレインタッチをやめて、邪神の頭部から距離を取った。

「じゃ、邪神の頭部だと？」

以前ヴァンパイアどもが、邪神像を触媒にし頭部だけを召喚したことがあった。

「邪神像よりも、邪神の御子《みこ》とやらの死骸《しがい》の方が触媒としてはふさわしかろうよ」

「頭部なら、ラックが倒したことがあったな」

エリックの言う通り、俺はかつて邪神の頭部をソロで倒した。

邪神とはいえ、頭部だけなら恐るるに足りない。

「ガウ！　ガウ！」

俺が先ほどまでドレインタッチをかけていた真祖の身体《からだ》を、ガルヴが爪で切り裂き、牙で噛《か》み切る。

頭だけでなく身体までドロドロに溶け始めたことに真っ先にガルヴが気づいてくれたのだ。

二つに切断された身体が、ほぼ同時に溶け始める。

その身体にケーテが魔法を撃ち込み、俺は魔神王の剣で斬《き》りかかる。

だが、真祖の身体は溶け続けた。

そして、急速に膨張し邪神の身体を形成する。

「は、速いであります」

恐らく次元の狭間《はざま》を膨張させていた膨大な魔力によって膨らませたのだろう。

速くても当然という気になる。

「邪神の身体の方は初めて見たな」

頭だけで俺の身長より高いのだ。身体は頭部の大きさに比例した巨大さだった。

全身は緑で腕が四本あり、下半身は蛸《たこ》か烏賊《いか》の足のようだった。

竜形態のケーテの何倍もある。

「髪の毛も足も触手か。手数が多そうで厄介《やっかい》だな」

ゴランが冷静に分析する。

身体を手に入れた邪神は「ｏｏｏｏｏｏＯ――」と唸《うな》り始めた。

そして、みるみるうちに小さくなっていった。その分魔力が凝縮する。

最終的に邪神は、見た目は人とたいして変わらない大きさになった。

「とりあえず、殺すぞ」

今は寝起きの状態。邪神といえど調子も十全ではあるまい。

相手は神なのだ。完全復活したら倒せるかどうかわからない。

「俺とゴランが突っ込む。ラックは援護してくれ」

「わかった！」

エリックの指示に、俺が同意すると、ゴランがセルリスたちに向かって言う。

「セルリスとシアは自由に動いてくれ！　命を大事にしろ」

「わかったわ！」

「全力を尽くすであります！」

俺はケーテとガルヴに向かって叫ぶ。

「ケーテ、竜のまま全力で攻撃してくれ。ブレスをぶっ放していいぞ。ガルヴは俺の後ろで待機だ！　隙《すき》をうかがえ」

「わかったであります！」

「ガウ！」

「ゲルベルガさまは自己判断で！」

「ここ」

指示出しが終わると、エリックとゴランが突っ込んでいく。その速さは矢のごとし。

エリック、ゴランを迎撃しようと、頭部の触手が攻撃を開始する。

その触手は二人に容易《たやす》く斬り落とされていく。

エリックはいつものように聖剣だ。

ゴランは右手にいつもの魔法の剣、左手に先ほど魔神王から奪ったドレインソードを持っている。

俺は二人を援護するために魔法の刃を飛ばして、二人を襲おうとしている触手を切断していった。

そしてケーテは遠慮なく、暴風のブレスをぶち込んだ。

ケーテの暴風ブレスは、強い風が吹くだけではない。ブレスの中で魔法の刃が乱舞している。

多くの触手を切り落としていく。だが、斬り落した触手はすぐに再生し始めた。

「はあああぁぁぁぁぁ」

「おらぁ！」

エリックとゴランは邪神の身体に剣が届く間合いに到達し、下半身の触手を斬り落とす。

下半身の触手は頭部に生えた触手よりも数は少ないが、三倍ぐらい太くて長い。

エリックとゴランでも、下半身の触手を斬り落とすのは、それほど簡単ではなさそうだ。

だが、俺とケーテの魔法の援護もあり、エリックの聖剣が邪神の胴体に届く。

「ＯＯＯＯＯＯＯｏｏｏｏｏ」

斬られた瞬間、邪神は悲鳴を上げる。邪神を覆《おお》っていた障壁が消失した。

そこに俺とケーテの魔法が直撃し、邪神の全身が大きく壊れた。

だが、一瞬で再生を果たす。障壁も元通りだ。

「さすがに一撃では無理か」

「真祖よりはしぶといんじゃねーかな。まあ当たり前か」

エリックとゴランはそんなことを言いながら、触手を斬り伏せていく。

『前回頭部を倒したときの魔法を使う』

『ああ、任せる』

念のために邪神に聞こえないように念話を使った。

そして俺は時空爆縮《ラウム・インプロージョン》の魔法を放った。

時空爆縮は物理の法則を捻じ曲げ、防御などをすべて無視し、空間ごとひしゃげさせる魔法だ。

――ギィイイイインガギィン
鋭い音と同時に邪神の全身をこぶし大まで圧縮した。

「す、凄《すさ》まじいのである」

「これだけじゃ多分死なない。解除後に一斉に攻撃してくれ」

そう言って、俺は時空爆縮の魔法を解除する。

邪神は元の大きさに爆発《ばくはつ》するかのように一気に戻る。

骨はぐちゃぐちゃ、肉も内臓も、触手もぐちゃぐちゃだ。

そこにエリック、ゴランが斬りかかり、ケーテが火球の魔法を撃ち込んだ。

「OOOOOOOOO」

エリックとゴランの剣は四本の触手を切り落とし、五本目で止められていた。

そして四本の触手はみるみるうちに再生する。

ケーテの火球は邪神の身体を焦《こ》がしたが、爆風が終わる頃には再生が終わっていた。

「これ、倒せるのであるか？」

ケーテが不安そうに叫ぶ。

「頭部だけのときより、再生速度が上がってるな」

そう呟《つぶや》いたとき、俺はふと違和感を覚えた。

「おや？」

一部が再生せず欠けたままなのだ。

時空爆縮で特にひどいダメージを受けた場所でもない。

エリックやゴランの剣が斬り裂いた場所でも、ケーテの魔法が炸裂《さくれつ》した場所でもない。

「……あれはガルヴの歯形と爪痕《つめあと》か？」

俺はガルヴを見た。真祖が溶け始めたとき、ガルヴが爪で切り裂き、牙で噛みついた。

その部分だけ、邪神は欠けたままだった。霊獣狼《れいじゅうおおかみ》の力かもしれない。

邪神が小さくなったときに、隠した疵痕《きずあと》が攻撃によってあらわになったのだろう。

「霊獣狼の特殊能力ってやつかもしれねーな」

「そうだな。心強い」

ゴランとエリックはこちらを見ず、剣を振るいながらそう言った。

「ガルヴ。ついてこい！　前に出るぞ」

「ガウ！」

俺はガルヴを連れて前進する。

そのとき、斬り落とされ、地面に転がっていた触手が蛇のように動き始めた。

そして俺とガルヴ目がけて襲いかかってきた。

だが、蛇と化した触手は俺たちに到達できなかった。

「させないわ！」

「こういうときのための予備戦力でありますよ」

セルリスとシアが蛇と化した触手を斬り落とす。

「ＯＯＯＯＯＯＯ」

邪神は不気味な声を上げながら、魔法攻撃を開始する。

暗黒光線《ダーク・レイ》が俺たち目がけて飛んできた。

「危ないのである！」

ケーテが、エリック、ゴラン、セルリスとシアに障壁を張って防いでくれる。

「さすがだ、ケーテ」

「こいつ、急に魔法を撃ってきたのである！」

前回戦ったとき邪神の頭部は激しい魔法攻撃を繰り出してきていた。

今まで魔法を使ってこなかったのは、未覚醒《みかくせい》状態、つまり寝起きだったからかもしれない。

これ以上時間をかければ、さらに覚醒が進み攻撃が激しくなる可能性がある。

俺は触手を魔法で斬り落とし、一気に邪神に接近した。

「ガルヴ！」

「ガァァウ！」

ガルヴが俺の横を駆け抜けて、邪神の胴体にがぶりと噛みつく。

俺は暗黒光線の魔法を放つ。邪神の胴体の一部を炭にした。

「ｏｏｏｏｏｏｏＯＯＯＯＯ……」

邪神は呻《うめ》き、ガルヴと俺に目がけて触手を振るう。

同時に激しい魔法攻撃が、ガルヴに向かって繰り出される。

「そうはさせるか！」

俺はその攻撃すべてを魔法障壁で防いだ。

ガルヴはピクリとも避ける動作を見せなかった。しっかりと邪神に噛みついている。

俺が完全に攻撃を防ぐと信じ切ってくれているようだ。

ガルヴの強力な牙は邪神の胴体の肉を抉《えぐ》り取る。そこは再生が明らかに遅い。

それどころか、ガルヴに噛みつかれていたときに俺が魔法で焼いた部分の再生も遅くなっている。

どれほど傷つけても一瞬で再生していた先ほどまでとは段違いだ。

「読み通りだ！」

ガルヴの爪と牙で押さえられると、ダークレイスは特殊能力を使えなくなっていた。

それに似た権能だろう。

ガルヴの牙と爪によって、邪神の再生速度も抑制されるようだ。

「ガルヴ行くぞ！　みんな、バックアップを頼む！」

「ガウガァウ！」

「おう、任せとけ！」

ガルヴが噛みつき、俺は魔神王の剣で障壁を斬り裂いて邪神の身体を斬り刻む。

俺とガルヴ目がけて振るわれる触手はエリックとゴランがすべて斬り落としてくれる。

斬り落とされた触手が蛇のように動き出すも、それはシアとセルリスが斬り刻んでいく。

そして邪神の苛烈《かれつ》なる魔法攻撃はケーテが完全に防いでくれた。

俺とガルヴは攻撃に専念できる。

「俺よりもガルヴの防御を優先してくれ！」

「ああ！　わかってる！」

俺は自分で魔法攻撃を防げるが、ガルヴは避けるしかない。

ガルヴが噛みついている間に、俺は魔神王の剣で斬り刻み、魔法を撃ち込む。

すると、邪神の攻撃、特に魔法攻撃が激しくなっていく。

「ダメージを食らって覚醒が早まったか？」

「それだけ追い詰められているってことかもしれねーな！」

エリックとゴランは落ち着いて触手を撃破する。

そして俺とケーテで魔法攻撃を防いでいく。

魔法攻撃は暗黒光線を中心とした威力の高いものだ。

かするだけで筋肉が炭になるだろう。

実際、邪神の頭部と戦ったとき、俺は腕の筋肉を炭にされた。

全身出現した邪神の暗黒光線は、頭部のときのものより威力が上がっているはずだ。

暗黒光線がみんなに当たらないようにするために、俺は障壁を展開する。

「ＯＯＯＯＯＯＯＯＯＯＯＯＯＯ」

邪神が叫ぶと同時にますます攻撃が激しくなった。

そのすべてを防ぐには、同時に複数の障壁を多重に張らなければならない。

邪神の魔法攻撃が激しくなるにつれ、俺は攻撃できず魔法防御に専念せざるを得なくなる。

とっさに横を見ると、少し離れたところにセルリスがいた。

「セルリス！」

俺はセルリスに魔神王の剣を投げ渡した。

「えっ？」

セルリスは驚いた様子だったが、魔神王の剣をしっかりと受け取った。

「剣を振るう余裕がない！　俺の代わりに頼む」

「わ、わかったわ！」

「こっちはあたしに任せるでありますよ！」

シアが力強く言った。

なぜセルリスに渡したのか。

エリックとゴランの方が強いのは間違いない。

だが、魔法攻撃をかわし剣ではじきながら、俺とガルヴに襲いかかる触手を斬り続けるのはエリックとゴランにしかできない。

そして斬り落とされた邪神の触手が蛇にならないことも増えてきた。

ガルヴと俺に対する苛烈な魔法攻撃に力を集中し始めたのだろう。

だから、蛇退治はシアかセルリス一人でも不可能ではない。

シアとセルリスのうち、セルリスを選んだのはまっすぐに躊躇《ためら》いなく突っ込んでくれそうだからだ。

「セルリス、防御は任せろ。邪神への道を切り拓こう」

「大丈夫、行けるわ！」

セルリスは期待通りまっすぐに邪神に向かって突っ込んでいく。迷いがない。

自分に向かってくる触手を魔神王の剣で斬り伏せて、一足飛《いっそくと》びで邪神に接近すると下から上に斬りあげる。

「はあああああああああ！」

セルリスは気合いのこもった咆哮《ほうこう》をあげながら、邪神を斬って斬って斬りまくる。

一撃ごとに剣閃《けんせん》の鋭さが増していく。

俺は、そんなセルリスを見てゴランの若い頃を思い出していた。

「ｏｏｏｏＯＯＯＯｏｏｏｏｏ……」

ガルヴの噛みつきとセルリスの斬撃《ざんげき》が、邪神の再生速度を上回っていく。

セルリスの激しい斬撃で、触手が何本も切れて周囲にばらまかれる。

それが互いに絡《から》みつき巨大な蛇のようになり、俺たちに襲いかかってきた。

「やらせないでありますよ！」

シアが竜よりも大きなその蛇を剣で斬る。その鋭い斬撃に巨大な蛇は斬り刻まれて動かなくなる。

すると、その蛇の死骸は、その身体を黒き炎《ダーク・フレイム》へと変えた。

シアは炎に囲まれ逃げる場所がない。

そして俺やセルリス、エリックたちも後方から炎に包まれることになる。非常に厄介だ。

俺が自分の防御を犠牲にしてでも対応しようとしたそのとき、

「炎など、我が見逃すわけないのである！」

ケーテが魔法の刃の含まれない暴風ブレスで黒き炎を吹き飛ばす。

「ケーテ、助かった！」

「何度できるかわからないのだ！　疾《と》くと仕留めるのである！」

ケーテの言う通りだ。

邪神は何度だって、同様のことをするだろう。

触手で攻撃し、触手を斬り落とせば、その触手を蛇に変えて攻撃するのだ。

蛇を放置すれば、噛み殺されるか絞め殺されるか。

そして蛇を殺せば、次は黒き炎に変換して焼き尽くそうとしてくる。

時間をかければ、かけるほど、こちらが負ける確率が高くなる。

だが、現状では押し切るまで、時間が相当かかるだろう。邪神の魔力は膨大なのだ。

邪神はすぐに障壁を展開する。そのたびにガルヴの牙と、魔神王の剣が斬り裂いた。

触手を斬り払い続けていたエリックが叫ぶ。

「ラック！　押してはいるがきりがない、トドメを頼む！」

「セルリス！　ラックのために障壁を斬り裂け！」

「わかったわ！」

ゴランの指示で、セルリスが邪神の頭頂からまっすぐに、大きく下に斬り裂いた。

障壁と同時に邪神の肉体が両断される。

俺は一気に邪神に接近すると、体内に手を突っ込んで熱爆裂《エクスプロージョン》を撃ち込んだ。

熱爆裂は圧倒的な熱量で焼き払う戦略級の範囲魔法だ。

それを工夫し極限まで圧縮することで範囲を狭《せば》め、その分密度を上げて威力を高めている。

「ｏｏｏｏｏｏｏｏ………」

邪神の身体の八割が炭になる。

「はあ！」

「ガウガウガウウウ！」

すかさずセルリスが魔神王の剣で斬りかかり、ガルヴが噛みつく。

それで邪神の身体が崩壊していく。

勝利を確信した、セルリスとガルヴの気が緩《ゆる》んだ。

「まだだ！　相手は神だぞ！」

俺は邪神の頭に手を触れると、ドレインタッチを発動させた。

一気に魔力を吸い尽くす。

再生と魔法攻撃に膨大な魔力を費やしていたからか、邪神の魔力が乾いていく。

そして、邪神は煙のように蒸発し始めた。

「コゥコケッコッコオオオオォォォォォ」

ゲルベルガさまの神々《こうごう》しい鳴き声が次元の狭間に鳴り響いた。

煙が文字通り消失していく。

邪神が霧に変化して逃げようとしたのを神鶏《しんけい》の権能で滅ぼしたのだ。

「やったか？」

「ゴラン、やめろ。縁起が悪い」

俺はそう言いながら周囲を魔法で探索する。

昏《くら》き者どもの気配はない。邪神の膨大な魔力も感じない。

次元の狭間が拡大し続けている気配もなかった。

「恐らく勝ったはずだ」

「そうか。……そうか」

エリックが感慨深げに呟いた。

「何やり遂げたって顔をしてんだ。帰還までそういう表情は取っておけ」

「そうだな。ゴランの言う通りだ。で、ラック。帰り道はどっちかわかるか？」

俺が十年間戦った次元の狭間は、洞窟《どうくつ》めいていた。

だが、今の次元の狭間は、真祖と邪神が急激に膨張させている。

次元の狭間は竜形態のケーテが縦横無尽に動けるほどに広大だった。

「どっちが出口かわからないな」

「あたしは向こうから走ってきた気がするでありますが……」

そう言ったシアも自信なさげだ。

俺たちが入ってからも次元の狭間は地形をめまぐるしく変えながら膨張を続けていた。

俺たちの誰《だれ》も、どちらから来たのかすらわからなくなっている。

「とりあえずケーテの背に乗るといいのだ。適当に飛べばいつかどこかに着くのである」

「着いた場所がおれたちの次元への入り口じゃなく、邪神の次元だったら洒落《しゃれ》にならねーぞ」

「……それもそうであるな」

俺たちが頭を抱えていると、通話の腕輪から声が聞こえた。

『ザザザ……聞こえるか？』

雑音まみれで聞こえにくいが、フィリーの声だ。

「聞こえるぞ、どうした？」

『……ザザザ………一方的に話す』

どうやらこちらの声は聞こえないようだ。

『……神の加護……ザザザ……』

「神の加護の再生に成功したのか？」

『ザザザ次元の……ザザザ確認……ザザあとは任せる』

そこで通話が切れた。

「どういうことだ？」

そう尋ねてきたのはエリックだ。だが他のみんなも同じことを聞きたいに違いない。

俺の顔をじっと見ている。

「恐らくだが、フィリーやレフィたちが、向こうで神の加護を復活させたんだろう」

そうでなければ、こちらに連絡してくる理由がない。

「そして、神の加護の復活に伴い王都上空の次元の狭間への入り口が消失したんだ」

だからフィリーは俺に連絡してきたのだろう。

「消失？　そうなのか？」

「消失したというのは俺の推測に過ぎないが……」

「我は、ラックに賛成なのだ。邪神の加護を敷かないと、次元の狭間は展開できなかったのは間違いないのであるからな」

「ふむ。次元の狭間の入り口が消えたのに、こちらには変化がないな」

「あるはずだ。そのうちな」

俺がそう言って数秒後、

――ピシ
広大な次元の狭間の地面に亀裂《きれつ》が入った。遠くにある壁や遙《はる》か高い場所にある天井《てんじょう》にも亀裂が入っているに違いない。

だが、亀裂が入ったぐらいで、帰れるわけもない。帰り道もわからない。

「フィリーは後は任せるって言っていたのだ。ラックなら何とかできるって考えているに違いないのである」

「フィリーは本当にめちゃくちゃなことを言う」

俺の他に魔法理論に詳しいのはケーテだけだ。そのケーテは俺を期待のこもった目で見つめている。

俺が考えるしかない。

「……うーむ。ゲルベルガさま」

「こう？」

「ゲルベルガさまって、次元の狭間の入り口を閉じられるんだったよな」

そうルッチラが言っていた。

「ここぅ！」

ゲルベルガさまが力強く返事をしてくれる。

神鶏さまの力の本質は世界に境界を引く力。

神話上のゲルベルガさまの先祖は朝と夜の境界を引き世界を目覚めさせたという。

そして、世界に境界を引く力は、次元の狭間の入り口を閉じることすらできるという。

「神の加護が復活したことで、強引に押し広げられた次元の狭間は、存在自体が不安定になっているはず」

「こぅ？」

「ならば、ゲルベルガさまが鳴けば、強引に世界に境界を引き……この次元の狭間自体が消失するのでは？」

「消失して邪神の世界に落ちたら元も子もねーぞ？」

「恐らくそれはない」

「どうしてそう考えたんだ？」

「ゲルベルガさまは、俺たちの世界の神鶏さまだからな」

「なるほど。ラックの言うことは筋が通っているのだ」

ケーテは俺の意見に賛成してくれたが、ゴランは不安そうだ。

ゲルベルガさまは俺たちの世界の住民だ。

そして、そのゲルベルガさまが次元の狭間、つまり世界と世界をつなぐ場所に境界を引くのだ。

つまりゲルベルガさまが次元の狭間を、俺たちの世界側と邪神の世界側とに分離する。

そのとき、ゲルベルガさまが立つのは俺たちの側だろう。

「だから、ゲルベルガさまと一緒にいれば、元に戻れるはずだ」

「そうか。ならば、それで行こう」

「エリック。いいのか？　俺もラックを信用しているが……」

「ああ、他に策はない。みんなはどうだ？」

「私はそれでいいわ！」

「あたしもいいであります！」

「がう！」

「万一、邪神の世界に落ちたら、それはそれで暴《あば》れてやるのだ！」

「ケーテ、縁起の悪いことを言うな。ゲルベルガさま、頼めるか？」

「ここぅこぅ」

ゲルベルガさまは俺の懐《ふところ》から顔だけ出している状態だ。

俺たちは全員でケーテの背に乗って、互いに手を結ぶ。

ガルヴもお座りして俺とゴランが手を結んでいるところに両前足を乗せる。

「ゲルベルガさま、準備ができた。頼む」

ゲルベルガさまは胸いっぱいに大きく息を吸う。

「コオォウウゥ、……コォォウケコォォウコッコオオオォォォォォォォ！」

ゲルベルガさまの神々しい鳴き声が響き渡った瞬間、

——ガ、ガィィイイン
次元の狭間自体に巨大な亀裂が入る。

壁や床、天井にひびが入ったのとは違う。空間そのものに亀裂が入ったのだ。

その亀裂の向こうに夜空が見えた。

見えたのは夜空だけでない。森や海、山、街並が見えた。つまり俺たちの世界の景色が見えた。

そして亀裂の入った空間は、ガラスの板が砕けるように飛び散った。

俺たちはふと気づくと、綺麗《きれい》な満月と満天の星の下にいた。

第十二章

「帰ってきたのだ。我らは帰ってきたのだな？」

「ああ」

「やったのだ！」

ケーテは嬉《うれ》しそうに尻尾《しっぽ》を揺らす。

「ケーテ。上に人が乗っているんだから、尻尾を揺らすのはほどほどにしてくれ」

「そうだったのだ。すまぬ。つい」

「気持ちはわかるぞ。ケーテ」

エリックも感慨深《かんがいぶか》そうに空を見上げている。

「やったわね！　パパ」

「そうだな、セルリス」

ゴランとセルリスの親子も喜びあってハグしている。

「父やニアに自慢できるであります。ねーガルヴ」

「がうがう！」

シアとガルヴも互《たが》いに無事を喜んでいた。

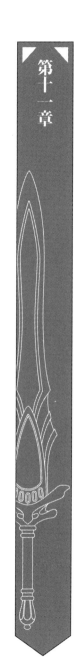

俺《おれ》は黙って夜空を見つめた。

十年間戦った後、魔神王を倒して次元の狭間から出たときも夜だった。

そのときの空と、今の空はよく似ていた。

エリックが俺の右横に立つ。しばらく黙って一緒に夜空を見つめる。

「……ラック」

「……どうした？」

「最後まで、ともに戦えて。ともに帰ってこれた。それが何よりも嬉しい」

「……泣いているのか？」

「泣いてない」

「……そうか」

「こぅ」

俺の懐《ふところ》から顔だけ出したゲルベルガさまが、俺とエリックの顔を交互に見て小さく鳴いた。

「うむ。よかった、実によかった」

そう言いながら、ゴランが左腕で俺の肩を、右腕でエリックの肩を摑《つか》む。

「……よかった」

「ゴラン、泣いてるのか？」

「泣いてない」

「……そうか」

しばらく三人でそのまま過ごした。

すると、下からケーテが遠慮気味《えんりょぎみ》に言う。

「……おーい。おっさんども」

「どうした？」

「連絡や報告はしなくていいのか？　いや、我が心配しなくても、みんなしっかりしているから抜かりはないのかもしれないのだが」

「あっやべえ」

ゴランが慌《あわ》てて通話の腕輪を使って、連絡を始める。

冒険者ギルドに連絡しているのだろう。

エリックも同様だ。直属《ちょくぞく》護衛兵や枢密院《すうみついん》に連絡しているのだろう。

そして、俺はフィリーに呼びかける。

「フィリー、聞こえるか？」

『聞こえるぞ。はっきりとな。つまりロックさんたちは戻ってこられたのだな？』

「ああ、こちら側に戻ってこられた」

『敵は無事倒せたと考えてよいのか？』

「ああ、大体倒した。そちらの状況は？」

『神の加護を強化して再発動させることで、邪神《じゃしん》の加護を上書き、いや消し飛ばした』

「おお、さすがフィリー。期待以上の働きだ」

『今朝《けさ》ルッチラたちに聞いた爆弾の魔法構造と理論が思いのほか役に立った』

「それを役立たせることができたのが、フィリーのすごいところだ」

『……フィリーだけの力ではない。王妃陛下《おうひへいか》のお力が大きい』

「そうか。さすがはレフィだ」

『そんなことないわよ、ロック。フィリーは天才ね』

レフィがフィリーの通話の腕輪を通じて話しかけてきた。

フィリーは『そんなことありませぬ』とか言っている。

侯爵家《こうしゃくけ》の娘として育てられたフィリーは王家の人間には貴族っぽい振る舞いをしてしまうのだ。

「少し待て。……エリック。フィリーとレフィが神の加護を再発動させてくれたようだぞ」

「……おお、やはりそうか」

「一言何か言ってやってやれ」

すると、エリックは近づいてきて俺の通話の腕輪に語りかける。

「フィリー嬢《じょう》。此度《こたび》のこと、メンディリバル王国国王として感謝する」

『もったいなきお言葉』

「褒美《ほうび》は期待しているがよい」

『恐れ入り奉《たてまつ》ります』

「そして、レフィ」

『何かしら。エリック』

「ありがとう」

『気にしないで。エリックも大変だったでしょう？　怪我《けが》はしてない？』

「まあ……それなりに大変だった。だがラックたちがいたからな。怪我はかすり傷ばかりだ」

『そう、それならいいのだけど』

それからしばらく会話をして、通話を終える。

エリックとゴランは各種指示で大忙しだ。

だが、俺は比較的暇《ひま》である。

エリックとゴランが忙しく指示を出している横で、ガルヴとゲルベルガさまにお礼を言いながら撫《な》でていた。

「ロックさん。ここはどこでありますかね？」

そうシアに尋ねられて、改めて夜空を見る。そして周囲の地形を観察した。

山の形などに見覚えはあった。

「王都からそう離れていなさそうだ」

「そうなのね！　ロックさん、あそこに見えてるのってどこかの道よね」

「この道を向こう側に進めば王都に着くだろうな」

そんな会話をしていると、王都の反対側の方向から走ってくる人影が見えた。

今のケーテは竜形態だ。だというのにケーテに怯《おび》えることなくこちらに向かってくる。

「あ、モルスか」

ケーテが走ってくる人影を見て呟《つぶや》いた。

モルスは水竜の侍従長《じじゅうちょう》の子だ。

昼間、アリオとジニーと一緒にヴァンパイアに支配された村に対処するために残ってくれたのだ。

「ロックさん、それにみなさんも。ここで会えるとは幸いです。ご無事で何よりです」

「モルスは何があったのか知っているのか？」

「はい。ロックさん。もちろんです」

どうやら、あれから水竜の侍従長モーリスの指示に従って、神の加護を失った王都に向かう敵を退治してくれたらしい。

そして今はそれを終えて、アリオとジニーを迎えにいって一緒に王都に帰る途中だという。

アリオとジニーは竜の背に乗るのを恐《こわ》がるので、モルスも人の姿で同行していたのだ。

「ということは、アリオさんとジニーさんもいるのでありますね」

「はい。そこに……」

「や、やあ」

「ご無事で何よりです」

木陰《こかげ》からアリオとジニーが出てくる。

「せっかくだ。王都まで送ってやるのだ。アリオ、ジニー。我の背に乗るがよいぞ」

「ええ……それはちょっと」

「遠慮するではないのだ」

「大丈夫。俺がカバーするから落ちることはない。大船に乗ったつもりでいいぞ」

不安そうなアリオたちは、俺がそう言ってようやくケーテの背に上る。

「ひっ、陛下」「へ、陛下？」

背に上って、アリオとジニーは初めてエリックに気がついたようだ。

夜で見づらかった上に、ケーテは大きいので影になっていたのかもしれない。

アリオとジニーが跪《ひざまず》く。

「ああ、また会ったな。ご苦労だった。そして竜の背で跪く必要はない」

通話の腕輪を通じての指示出しを一旦《いったん》やめて、エリックはアリオたちに笑顔で言った。

「エリック、ゴラン。王都に戻るぞ。構わないか？」

「ケーテ、王都に戻る。アリオたちがいるから、ゆっくり静かに飛行してくれ」

「ああ、頼む」「任せる」

「わかったのだ！　モルスはついてくるがよい」

「御意《ぎょい》」

ケーテはゆっくりと夜空に飛び立った。すると竜の姿に戻ったモルスが後ろをついてきた。

「昼間だと景色が綺麗《きれい》なんだがな」

夜なので真っ暗だ。地面を見てもほとんど何も見えない。

地面が見えない方が、アリオたちにとっては、怖くなくていいのかもしれない。

「ロ、ロック」

「どうした？　アリオ」

「さっき陛下のこと呼び捨てにしてたよな。どういう関係なんだ？」

「まあ、色々な。後で話すこともあるだろう」

「そ、そうか」

その間もケーテはゆっくりと飛ぶ。

ゆっくりといっても、ケーテ基準でゆっくりということだ。馬よりも何倍も速い。

あっという間に王都が見えてくる。

「……王都は無事なようだな」

エリックがほっと胸を撫で下ろす。

王都を囲む城壁に壊れたところもなかった。建物も大きく壊されたりもしていないようだ。

「どこに降りるのだ？　いつも通り王都から離れた場所に降りた方がよいか？」

「いや、王宮に直接降りてくれ」

「よいのか？」

「ああ、夜だしな。それに王都の民も、今日は竜をたくさん見たはずだ」

「それもそうだな！」

ケーテは王宮に、静かに降りる。

枢密院の官僚や直属護衛、近衛騎士《このえきし》たちが出迎えてくれた。

そしてレフィと二人の王女も出迎えてくれる。

エリックがケーテの背から降りると二人の王女がエリックに抱きついた。

「お父さま！」「パパ！」

「もう夜遅いのに、起きて待っていてくれたのか？」

「うん、お父さま、お帰りなさい」

「待ってた！」

そしてレフィが笑顔で言う。

「エリック。お帰りなさい」

「ああ、ただいま」

そして、ゴランの妻にしてセルリスの母、リンゲイン王国駐剳《ちゅうさつ》全権大使マルグリットも待機していた。

ゴランとセルリスと再会を喜んでいる。

恐らくマルグリットはリンゲイン大使館が敵の本拠地になっていたことに関して、色々対応するために来たのだろう。

エリックもマルグリットも忙しそうだ。

ゴランも忙しいだろうが、敵を殲滅《せんめつ》しきった今となっては、エリックたちと比べたら暇に違いない。

そして、敵が倒れた今となっては俺にはやることがない。

だから、挨拶《あいさつ》をすませて、俺は自宅へと帰ることにする。

ちなみにアリオとジニーは馬車で自宅まで送られていった。

俺はセルリス、シア、ガルヴとゲルベルガさま、そしてケーテとモルスと一緒に自宅に戻る。

エリックの部屋から俺の屋敷には秘密通路がつながっているので、そこを通った。

屋敷に戻ると、

「ロックさん！　お帰りなんだぞ！」

「お帰りなさい！」

「ご無事で何よりです」

俺の徒弟《とてい》であるミルカ、ニア、ルッチラが出迎えてくれた。

「ただいま。みな無事か？」

俺の懐からゲルベルガさまが出て、ルッチラの方へと飛んでいった。

「はい！　ゲルベルガさま、お疲れさまです」

「ここぅ」

「フィリーは？」

「先生は爆睡中だぞ！　脳みそを使いすぎたって言ってた！」

ミルカが教えてくれる。

フィリーはその天才的な頭脳をフル回転させて、疲れ果てたのだろう。

俺たちも戦っていたが、フィリーも屋敷で戦っていたのだ。

それはフィリーを手伝っていた徒弟たちも一緒だ。

「みな、お疲れさま。偉《えら》かったぞ。詳《くわ》しいことは明日話そう」

「はい！」


そして俺はガルヴと一緒に自室に戻った。

魔法を大量に使ったが、ドレインタッチで魔力を存分に吸ったので消耗は少ない。

とはいえ、身体《からだ》をたくさん動かして、頭もたくさん使った。

「疲れた」

俺がベッドに倒れ込むと、ガルヴもベッドに乗った。

「ガルヴもお疲れ」

「がーう」

今日のガルヴはとても活躍した。

ガルヴと散歩に出かけて、色々あって、邪神を倒すことになるとは。

人生何が起こるかわからないものだ。

「がうがーう」

ガルヴが俺の顔を舐《な》めまくる。まだ子狼《こおおかみ》なので甘えたいのだろう。

俺はガルヴを撫でまくりながら、眠りについた。


次の日の午前中にエリックから国民に向けて大々的に発表があった。

昏《くら》き者どもの侵攻があったが、無事防いだ。

リンゲイン大使館の話は伏せられているが、それ以外は概《おおむ》ね発表された。

それに伴い狼の警護兵たちや、活躍した冒険者たちに報奨《ほうしょう》が与えられる。

ゴラン、シア、セルリス、フィリーにも当然与えられた。

ゴランは伯爵《はくしゃく》から侯爵《こうしゃく》に、シアは男爵《だんしゃく》、セルリスには騎士爵《きししゃく》の爵位《しゃくい》が与えられた。

侯爵令嬢《れいじょう》のフィリーは子爵《ししゃく》に叙《じょ》された。

フィリーがマスタフォン侯爵家を継ぐことになれば、子爵位は従属爵位となるのだろう。

フィリーを手伝った、ミルカ、ルッチラ、ニアにも報奨金が与えられた。

そして風竜と水竜にも、エリックから正式に感謝状が贈られる。

アリオとジニーにも、早期発見の功で金一封が与えられたようである。

ちなみに俺は報奨をすべて断った。ラックの存在がばれたら面倒だからだ。


俺が昼ご飯を食べに食堂に行くと、徒弟たちが揃《そろ》っていた。

徒弟ではないシアとセルリス、フィリーもいる。

みんなで楽しく昼ご飯を食べていると、ミルカが尋ねてくる。

「ロックさん。先生から聞いたんだけど、邪神ってのを倒したのかい？」

「倒したな。エリック、ゴラン、シアとセルリス、ガルヴとゲルベルガさまにケーテとも一緒にな」

「すげー」

「とはいえ、邪神は神だ。倒して死ぬような存在でもないだろう」

「そっかー。また攻めてくるのかい？」

「かもしれないが、当分先になるだろう。それが数十年後か、数百年後か数千年後かわからないがな」

「そうなのかー」

それに昏き神は、俺たちの倒した邪神だけではないはずだ。

「ミルカ、ルッチラ、ニアもフィリーとレフィの手伝いをしたんだろう？」

「ああ、ミルカもルッチラもニアも、すごく役立ってくれた」

フィリーがうんうんと頷《うなず》いている。

「えへへ。照れるんだぞ」

「すごく勉強になりました」

「私はそんなにたいしたことできなかったですが……」

そんなことを言いつつも、徒弟たちも充実した表情をしていた。

昨日はそれぞれ自分のできることを全力でやったのだろう。

「ロックさん、お疲れが癒《い》えてからでいいので、また稽古《けいこ》をつけてください！」

ニアが尻尾をピンと立たせてそう言った。

姉の大活躍に刺激を受けたのだろう。

「いいぞ、今日から訓練するか」

「え？　お疲れでは？」

「大丈夫だ。寝たら元気になった」

「では、ぼくもお願いします」

「ああ、ルッチラも一緒に訓練しよう」

「わ、私も――」「あたしも――」

「セルリスとシアはお休みしなさい」

「「えー」」

「えーじゃない。昨日の戦闘で大量の魔素《まそ》を浴びただろう？　落ち着くまで安静にした方が強くなれる」

「わかったわ」「そうかもしれないであります」

セルリスとシアは納得したようだった。

「あ、ロックさん。お返しそびれていたわ」

そう言ってセルリスが魔神王の剣を差し出してきた。

「セルリスが持っていてもいいぞ」

「いや、私にはまだ荷が重いわ。その剣を奪いに、私の手に負えない奴《やつ》が襲いにくるかもしれないし」

「そうか」

俺は魔神王の剣を受け取った。

エリックとマルグリットはきっと今頃《いまごろ》忙しく戦後処理を行っているのだろう。

後で愚痴《ぐち》でも聞いてあげよう。

そして俺は徒弟と訓練したり、ガルヴと遊んだりしてのんびり過ごそう。

そんなことを考えていると、お昼ご飯を食べ終わったガルヴが散歩したそうな表情でこちらを見つめていた。

書き下ろし短編　研究室での戦い

フィリーは、ラックたちとのミーティングを終えると、研究室へと向かった。

そして、すぐに爆弾の再設計に取りかかる。

どのような構造をしていたのかを一から設計し直すことで、対策を立てようというのだ。

「……だが、これは難問だな」

ラックたちから得た情報を元に作成した図面を前にフィリーは頭を抱える。

「先生でも難しいのかい？」

助手のミルカが図面を覗《のぞ》き込む。

「当然だ。人族の錬金術や魔法とは体系が違う」

「体系かー」

「ニア。そこの本を取ってくれぬか？」

「はい、これですね！」

「ありがとう」

ラックの徒弟《とてい》たち、ミルカ、ルッチラ、ニアを助手としてフィリーは作業を進めていく。

ルッチラはラックの影に隠れて目立っていないが、非常に優秀な魔導士だ。

フィリーもルッチラの魔法知識を頼りにしているほどだ。

ミルカとニアは錬金術にも魔法にも詳《くわ》しくなかった。

だが、真面目《まじめ》に作業を手伝うし、最近は知識を身につけ、たまにはっとするようなことを言うようになった。

（ミルカもニアも、よい魔導士か錬金術士になりそうだな……）

そんなことをフィリーは最近よく思うのだ。


しばらくたって、散歩からタマが帰ってくる。

タマはフィリーの足元で大人しく横になった。

タマのモフモフな感触が心地よくて、フィリーの作業効率は向上した。


ルッチラを中心とした助手たちと力を合わせて、フィリーは爆弾の再構成を徐々《じょじょ》に進める。

とはいっても、設計図上でのことだ。

「本当に作るのは、危なすぎるからな」

「はい。実際に作るのはロックさんがいるときにしたいですね」

「うむ。それにしても、この体系は厄介《やっかい》だな」

「まるで違う言語で書かれた本を解読しているみたいです」

「まさにそれだな」

体系が異なると言うことは、文法や文字、単語が違うようなもの。

全く違うわけではないが、それでも解読は難しい。


そのとき、研究室の中に入っていた魔道具の一つから音が鳴った。

フィリーはハッとしてその魔道具を手に取る。

「神の加護が消えた……」

「え？　消えたんですか？」

ルッチラが驚いて声を出した。

フィリーは神の加護のコアの原料である賢者の石を作成できる。

だから、エリックに頼まれて神の加護のコアのメンテナンスをしたことがあった。

その際、神の加護に異常事態が起こったら警報が鳴る魔道具を作っていたのだ。

もっともフィリーの使っている魔道具はそれだけはない。

外部の魔法的な状況を測定する魔道具を作り、王都の各地に配置している。

それにより、フィリーは研究室にいながら、外部の状況を察知《さっち》することができるのだ。

フィリーは神の加護が消えたことを確認すると、すぐに通話の腕輪を取ってラックに連絡する。

「ロックさん。聞こえるか？」


…………

……


通話を終えると、フィリーは言う。

「ここは安全だ。ロックさんが魔法防御を固めているからな」

「はい」

「爆弾は後回しにして、神の加護にあけられた穴をなんとかするぞ」

フィリーと助手たちは新たな作業に取りかかる。


さらにしばらくして、ラックから再び連絡があり、レフィと王女たちがやってきた。

「シャーロット、マリー。母はお仕事があるから大人しくしていてね」

「はい、お母さま」「わかった！」

シャーロットとマリーは研究室の端《はし》っこで、タマと遊ぶ。

そしてレフィは真剣な表情で言った。

「さて、神の加護の穴をなんとかしましょう。現時点でわかっていることは何かしら？」

「はい。陛下。この装置をご覧ください。神の加護の装置の現在状況がわかります――」

フィリーが丁寧《ていねい》に説明していく。

神聖魔法の使い手、治癒《ちゆ》術士のレフィ。

大賢者ラックの弟子にして、非常に優秀な魔導士ルッチラ。

そして天才錬金術士フィリーの三人が力を合わせて、神の加護にあいた穴をどうにかする方法を考えていく。

ニアとミルカも助手として忙しく働いていてサポートした。

子守《こもり》はタマの担当である。


何度か、ラックからの連絡が入り情報交換しつつ研究を進めていく。

皆、研究に集中するあまり、食べることを忘れてしまっていた。

そんな中、ミルカが、

「みんな！　何か食べた方がいいぞ！」

そう言って、パンケーキをたくさん焼いて持ってくる。

「お姫様がたも食べるといいよ！」

「ありがとうございます！」

「わーい。みるかねーちゃんありがとー」

シャルロットとマリーも大喜びだ。

「ありがとう。すごく助かるわ。休憩《きゅうけい》しましょう」

レフィがそう言って、休憩に入った。

フィリー、レフィ、ルッチラがパンケーキにたっぷりと蜂蜜《はちみつ》をかけて食べる。

頭を使いすぎて、糖分が足りなくなっていたのだろう。

ニアとミルカもフィリーの隣に座ってパンケーキを食べ始める。

フィリーたちが書き込みすぎた図案を、ニアはパンケーキを食べながら眺《なが》めていた。

「……これって爆弾ですか？」

「いや、違うぞ。神の加護を阻害《そがい》する敵の魔法を無効化する魔道具の設計図だ」

「そうなんですね。私はてっきり爆弾かと思いました」

そう言ってニアは笑う。

「……ニア。どうしてそう思ったんだ？」

「えっと、この部分が爆弾そっくりで……」

「…………あっ！」

驚いて声を上げたフィリーがパンケーキを急いで口に放り込む。

「……確かに、似ている。いや似ていないが、論理構造が似ている」

「そう言われたら、確かに類似点《るいじてん》があるわね」

レフィーは優雅《ゆうが》にパンケーキを食べ終えるとニアの頭を撫《な》でた。

「お手柄《てがら》よ、ニアちゃん」

「いえ、そんな」

爆弾と体系が同じであると言うことに気づいてから、研究スピードが加速した。

研究を進める中、ラックたちが神の加護の穴を塞《ふさ》いだり、神の加護が消失したりした。

研究は進んでいたが、対策が完成間際《まぎわ》になったときに、ラックたちに先を越されてしまう。

「私たちより、ロックたちが早いことはいいことよ」

「そうですね。次に移りましょう」

膨大《ぼうだい》な計算や魔法理論の分析《ぶんせき》を、横に置いて次の対策に入る。

状況が変化する中、フィリーたちも、それに対応して敵の魔法理論の分析を進めていった。


そして、日が暮れた後、外部の状況を計測していた魔道具からけたたましい音が鳴り響く。

「なに？　次元の狭間《はざま》が現れただと？」

ラックたちが次元の狭間に吸い込まれた直後、フィリーたちも次元の狭間の発生を検知した。

全員、頭痛を感じ、気分が悪くなる。邪神《じゃしん》の加護のせいだ。

それでもラックが屋敷に施《ほどこ》した魔法防御のおかげで影響は最低限に抑えられていた。

「まずいわね」

「陛下、しかも次元の狭間は拡《ひろ》がりつつあるようです」

「ど、どうすれば……。ゲルベルガさまがいらっしゃれば次元の狭間を閉じることができるのですが」

「いま閉じていないということは、ゲルベルガさまはすでに飲み込まれた後でしょうね」

「そんな……」

顔を青くするルッチラにフィリーが言う。

「落ち着くのだ。ルッチラ。ゲルベルガさまにはロックさんがついている」

「そうよ。ロックは次元の狭間で十年戦い続けたのよ」

「そ、そうですね」

「私たちは次元の狭間をどうにかすればよいのだ」

「問題はどうやるかよね」

「陛下。次元の狭間を発生維持《いじ》している装置があるはずでございますれば、それを――」

フィリーは邪神の加護のせいで体調不良になりながら、天才的な頭脳で、それを可能にする理論を考える。

そして、ルッチラ、レフィと協力してその実現できるように基本構造を書き出していく。

それはあまりにも複雑で、その対策も非常に難しそうだった。

「これは……」

「難しくてもやるしかないわ。皆《みな》が戦っているのだもの」

「陛下のおっしゃる通りです」

体調が悪い中、高度な理論に基づいた複雑な装置を作らねばならないのだ。

だが、ラックたちも戦っているはずだ。だから自分たちが諦《あきら》めるわけにはいかない。

三人は、これまでの研究を置いて、新たに次元の狭間対策の研究に入ろうとする。

そのとき、ミルカが言う。

「……でもさ。先生」

「どうした。ミルカ」

「敵はさ。わざわざ神の加護を消して、邪神の加護を展開したんだよね」

「そうだな」

「最初から次元の狭間を呼び出せばいいのに、それをしなかったんだよね」

「……そうだな」

「神の加護が邪魔で、もっと言えば邪神の加護がなければ次元の狭間を維持できないんじゃないの？」

「――可能性はある」

フィリーがそう呟《つぶや》くと、ルッチラがフィリーの描いた図面を指さす。

「先生！　この部分、神の加護があれば省略できるのでは？」

「確かにそうね。神の加護の存在を前提にした理論で組み直せば……」

「それなら、これまでの研究をそのまま流用できる！」

フィリーたちは、神の加護を再生させる理論を作りそれを実現させる魔道具を組み立てていった。

エリックの寝室の天井にある既存《きぞん》のコアとは別に新たに神の加護のコアを作っていく。

それも、邪神の加護を吹き飛ばせるほど強力な装置だ。

レフィの神聖魔法の理論にルッチラの魔法理論、それにフィリーの錬金術の理論を組み合わせていく。

その理論を実現させるのは、フィリーがニアとミルカに手伝わせて大急ぎで作った魔道具だ。

「完成したわね。フィリーお願いするわ」

「はい。陛下。お任せください」

そしてフィリーが装置を作動させる。

全員の頭痛が消えていく。

そして外部の様子を計測した機器も神の加護が、無事王都を覆《おお》ったことを伝えてきた。

だが、次元の狭間は消えなかった。

「先生！　どうしましょう」

「何が足りないのかしら……」

「……いや、大丈夫なはずです」

フィリーはそう呟くと、通話の腕輪を手に取った。

「ロックさん！　聞こえるか？』

向こうから返答はない。だが、フィリーは呼びかける。

「聞いていると考えて、一方的に話す。神の加護の再生に成功した！」

雑音がひどい。だが、何かをしゃべっているような気配《けはい》がした。

きっと聞こえていると信じてフィリーは話し続ける。

「次元の狭間は今非常に不安定な状況だ。確認してくれ。恐らくゲルベルガさまの力で脱出できるはずだ！　あとはロックさんに任せる」

そして、椅子に座ると息を吐《は》く。

「三分ごとに呼びかけよう。いつか通じるかもしれぬからな」

全員が疲れ切っていた。

シャルロットとマリー、そしてタマまで、緊張しっぱなしで疲れている。

「あっ　先生！　次元の狭間が！」

外部計測機器が、次元の狭間の消失を告げていた。

しばらくして、通話の腕輪から声が聞こえた。

『フィリー、聞こえるか？』

ラックの声だ。

「聞こえるぞ。はっきりとな。つまりロックさんたちは戻ってこられたのだな？」

『ああ、こちら側に戻ってこられた』

その声を聞いてルッチラは涙を流して喜んだ。

ニアとミルカも抱き合って喜んだ。

レフィーは、シャルロットとマリーを抱きしめる。

そして、フィリーは深呼吸をして冷静に言う。

「敵は無事倒せたと考えてよいのか？」

言葉だけは冷静に。

だが、満面の笑みで、うれし涙を流していた。

あとがき

ついに六巻です。

五巻のあとがきでも書きましたが、本当に読者の皆様のおかげです。

足を向けて眠れません。こうなっては立って寝るしかないのかもしれません。

作者のえぞぎんぎつねです。


このあとがきを書いているのは、令和二年の十二月なのですが、私の住む大阪ではＣＯＶＩＤ－19の感染拡大により、外出自粛《じしゅく》要請が出たというニュースが流れています。

五巻の後書きを書いていたときは、大都市で緊急事態宣言が出される大変な状況でした。


読者の皆様も、大変だと思うのですが、手洗いうがいなどをして、自分の身を守って頂けたらと思います。

五巻の後書きで、「読者の皆様がこの本を手に取ったとき、『ああ、そんなこともあったなぁ』と思える状況になっていたらと願っています」と書きましたが、まだ残念ながらそのような状況になっていません。

なるべく早く、事態が収束することを願っております。

さてさて、話は変わりまして、先月に本作「ここは俺に任せて先に行けと言ってから10年がたったら伝説になっていた。」のコミックス五巻が発売となりました。

大変面白《おもしろ》い内容です。

作画担当の阿倍野《あべの》ちゃこ先生と、ネーム担当の天王寺《てんのうじ》きつね先生のご尽力《じんりょく》で、素晴《すば》らしい出来になっております。

まだ読まれていない方は是非《ぜひ》ご覧《らん》ください。後悔はしないと思います！

私もいつも楽しく読んでいます！

さらに「変な竜と元勇者パーティー雑用係、新大陸でのんびりスローライフ」が、本書と同時に発売となります。

戦闘力自体はさほどだけど、製作スキル、鑑定スキル、テイムスキルを駆使《くし》して、化け物揃《ぞろ》いの勇者パーティーの雑用係を務めていた主人公が、未開の新大陸で開拓事業に参加する話です。

気のいい冒険者や学者達、途中で仲間になる変な子供の竜と一緒にのんびりスローライフをするのです。

魔狼《まろう》の子供や獣耳《けもみみ》少女も出てきます。

あまり殺伐《さつばつ》とはしない、のんびりしたお話です。

よろしくお願いいたします！

そして、こちらも先月ＧＡ文庫から「神殺しの魔王、最弱種族に転生し史上最強になる」の一巻が発売となりました。

最強の魔王が、悪辣《あくらつ》な神を殺し切るために、神の加護のない最弱、劣等《れっとう》と呼ばれる人族に転生するお話です。

劣等と呼ばれるのは成長がおそいだけで、経験値を持ち越した魔王は最初からあり得ないぐらい強いのです。

主人公が無双《むそう》するお話が読みたい方にはとてもおすすめです！

最後になりましたが謝辞《しゃじ》を。

イラストレーターのＤｅｅＣＨＡ《ディーチャ》先生。いつも大変素晴らしいイラストをありがとうございます。

ゲルベルガさまの可愛《かわい》い表情が素敵《すてき》です。

担当編集さまをはじめ編集部の皆様、営業部等の皆様、ありがとうございます。

本を販売してくれている書店の皆様もありがとうございます。

小説仲間の皆様、同期の方々。ありがとうございます。

そして、何より読者の皆様。ありがとうございます。

令和二年師走

えぞぎんぎつね

GAノベル

ここは俺に任せて先に行けと言ってから
10年がたったら伝説になっていた。6

2021年1月31日　初版第一刷発行

著者　えぞぎんぎつね
発行人　小川 淳
発行所　SBクリエイティブ株式会社
〒106-0032　東京都港区六本木2-4-5
03-5549-1201　03-5549-1167（編集）

装丁　伸童舎
印刷・製本　中央精版印刷株式会社

ISBN978-4-8156-0872-9
Printed in Japan

ファンレター、作品のご感想をお待ちしております。

〒106-0032　東京都港区六本木 2-4-5
SBクリエイティブ株式会社
GA文庫編集部 気付

「えぞぎんぎつね先生」係
「DeeCHA 先生」係

本書に関するご意見・ご感想は
下のQRコードよりお寄せください。
※アクセスの際に発生する通信費等はご負担ください。

https://ga.sbcr.jp/